GW01458573

EZGİN KILIÇ

Yalnızlığımdan Sev Beni

DESTEK
yayınları

DESTEK YAYINLARI: 652
EDEBİYAT: 258

EZGİN KILIÇ / YALNIZLIĞIMDAN SEV BENİ

İmtiyaz Sahibi: Yelda Cumalıoğlu
Genel Yayın Yönetmeni: Ertürk Akşun
Yayın Koordinatörü: Özlem Esmergül
Editör: Devrim Yalkut
Kapak Tasarım: İlknur Muştu
Sayfa Düzeni: Cansu Poroy
Sosyal Medya-Grafik: Tuğçe Budak - Ali Türkmen

Destek Yayınları: Mart 2016 (5.000 Adet)
6.-8.Baskı: Nisan 2016
9.-10.Baskı: Haziran 2016
11.-12.Baskı: Ağustos 2016
13. Baskı: Ekim 2016
14.Baskı: Kasım 2016
Yayıncı Sertifika No. 13226

ISBN 978-605-311-087-3

© Destek Yayınları
Abdi İpekçi Caddesi No. 31/5
Tel.: (0) 212 252 22 42
Fax: (0) 212 252 22 43
www.destekyayinlari.com
info@destekyayinlari.com
facebook.com/DestekYayinevi
twitter.com/destekyayinlari
instagram.com/destekyayinlari

Deniz Ofset – Nazlı Koçak
Sertifika No. 29652
Maltepe Mah. Gümüşsuyu Cad.
Odin İş Mrk. B Blok No. 403/2
Zeytinburnu / İstanbul

EZGİN KILIÇ

Yalnızlığımdan Sev Beni

En çok "Seni seviyorum..." diyenler,
"Bitti!" bile demeden gittiler...

DESTEK
yayınları

Şu an bu kitabı avuçlarında tutuyor ve okumayı planlıyorsan yolculuğa hazır ol.

Kendine rahat bir yer bul, yanına bir de çay al ya da kahve... Hangisini seversen işte... Ama mutlaka birkaç peçete olsun ulaşabileceğin bir yerde.

Bilirsin, bizi ağlatacak şeylerle karşılaşmamız an meselesidir...

Birazdan kendi hayatına dair bir şeylerle karşılaşacaksın.

Muhtemelen hüzünleneceksin yer yer...

Bu seni asla üzmesin dostum. Aksine daha da güçleneceksin kendi içinle yüzleştikçe. Hayatındaki insana daha sıkı sarılacaksın, daha çok seveceksin...

Kaybettiklerine daha çabuk alışacaksın, sahip olduklarının kıymetini daha çok bileceksin.

Ama en önemlisi dostum:

Sen çok değerlisin.

Her ne kadar bazen yalnız olduğunu düşünsen de asla yalnız olmadığını göreceksin...

Şimdi elini göğsüne götür ve kalbini dinle.

Görüşmek üzere demiyorum dostum, alışmak ve hissetmek üzere...

Bu senin hikâyen...

İnsan bir şeylerin eksikliğine tabii ki alışıyor.
Ama hiçbir alışkanlık unutturmaya yetmiyor...

Herkes kaybeder birilerini. Bazıları kaybetmek için elinden geleni yapar, bazıları da kaybetmemek için tüm gücüyle direnir...

Ben kaybetmemek için çok direndim, hiçbir işe yaramadı...

Birini sevmek başka şey, birini kalbin gibi hissetmek bambaşka bir şey... Yalnızca seversen yokluğuna kolay alışırsın. Ama birini kalbin gibi hissedersen onsuz asla mutlu olamazsın...

Ben de birini sevdim. Hem de onu kalbimmiş gibi hissederek sevdim. Ama ne var ki bahtında yazılı olandan farklı bir hayat yaşamıyorsun. Bazı şeyleri bir şekilde erteliyorsun ama sonucu ne yaparsan yap değiştiremiyorsun. Kaderinde ne varsa onu yaşıyorsun yalnızca. Ben hayatımın çok uzun bir zamanını asla kaderimde olmayacak birini sevmekle harcadım. Birlikte geçirdiğimiz güzel günler kâr kaldı bir tek yanıma. Beni sevdiği, bana sarıldığı, bana gülümsediği güzel günler...

Sonra onu sonsuza dek kaybettim...

Onu kaybettiğim ilk günün gecesi sabaha kadar uyumadım. Daha önce de birçok konuda tartıştık, anlaşamadık. Kavga edip birbirimizi kırdığımız, küstüğümüz zamanlar yine olmuştu. Kavga edince barışmak kolaydır. Seven insan kıyamaz sevdiğine, uzun süre sürmez dargınlığı. Hatanı kabul edersin geçer, özür dilersin geçer, sarılırsın öpersin yine geçer... Ama son konuştuğumuz gün hepsinden çok daha başkaydı. Çünkü biz bu defa kavga etmemiştik. Ve bir ilişkinin gidişatı kavgasız ve sakince konuşuluyorsa ciddi sorunlar var demektir. Belki de birbirimizin hayatında olduğumuz sürece yaptığımız en sakin, en ciddi konuşmamız da buydu. Zaten son konuşmamız oldu...

İşte o günün gecesiydi, uyumadım...

Daha akşamdan içime oturdu acısı. Defalarca kendimi sorguladım her konuda. Acaba kırdım mı, üzdüm mü, farkında olmadan bir şey mi yaptım diye... Ama kendimi yargılayacak hiçbir şey bulamadım. Böyle durumlarda insan kendinde bir hata bulamayınca çok daha fazla üzülüyor. Çünkü kendinde bir kusur bulamayan insan bunu hiç hak etmediğini düşünüyor.

Böyle hissetmek terk edilmekten daha çok dokunuyor...

O günden sonra aynı duyguyu, aynı geceyi, aynı yalnızlığı defalarca hissettim. Üstesinden gelmek kolay değil, aslında bu mümkün de değil.

Kaç milyon kere onu aramak isteyip arayamadım bilmiyorum. Bir yerlerde karşısına çıkıp konuşmayı istediğim dakikaların haddi hesabı yok. Belki bir şeyleri düzeltebilirim umudu hiç sönmedi içimde. Ancak zamanla mantıklı düşünmeye başlayınca daha farklı görüyor insan olup biteni. Onca zaman geçti bir kere aramadı, merak etmedi... Benim hissettiğim şeyleri belki o da hissediyordur diye kandırmaya çalıştım bazı zamanlar kendimi. Ama öyle de değildi... Çünkü onun hayatında her şey bir süre sonra rahatça değişti. Kalbi, sevgisi, sevdiği...

Belki de beni kaybetmeden önce değişmişti bunların hepsi. Belki her şey bahaneydi ve sırf bu yüzden gitti...

Bazen özlüyor muyum?

Elbette özlüyorum... Hem de onu özlerken içimi tarifsiz bir huzur kaplıyor ama canım da yanıyor. Öyle tuhaf, öyle saçma bir duygu ki bu anlatamam. Aklıma gelişi bile beni mutlu etmeye yeterken onu hayatımın sonuna kadar kaybetmiş olmak mahvetmeye yetiyor.

İnsan bir şeylerin eksikliğine tabii ki alışıyor. Ama hiçbir alışkanlık unutturmaya yetmiyor...

Her şeyin ilacı zaman değil, kabullenmektir...

Kalbi üzgün olanın yüzü mutlu olmaz. Hep bir buruk-
luk vardır tüm gülüşlerinde, hep bir kırıklık vardır bek-
lenmedik anda gelen sevinçlerinde bile... Kalbi üzgün
olan insanlara nasılsın diye de sorulmaz. İyiyim dese de
koca bir yalandan başka bir şey değildir bu. Çevresindeki-
leri değil kendini kandırmak, kendini kandırarak alışmak
istiyordur hepsi bu...

Araya haftalar, aylar sokarak nasılsın diye soruyorsun
ya bazen, iyiyim dediğim her zaman aslında bunun yalan
olduğunu biliyorsun. Nasıl olduğumu kendine dert et-
tiğin için değil, kendi vicdanının sesini susturmak için
soruyorsun. Çünkü içinde bulunduğum bu durumdan, ha-
yatımdaki anlamsızlıklardan, tüm bu kahrolası mutsuzlu-
ğumdan sen sorumlusun!

İşin tuhaf yanıysa her şeyin farkındasın, adın gibi bili-
yorsun...

Senin mutsuz olmanı istediğim, hatta senin mutsuzluktan ölmeni bile dilediğim zamanlar oldu... Üzülmeni en çok geceleri istedim, bunun için en çok geceleri dua ettim. Çünkü gün boyu biriken beklentiler geceleri katlanılmaz bir duruma gelir. Bunu kendin bilmezsin ama bana uygulamalı öğrettin...

Seni düşündüğüm her gece...

Seni özlediğim her gece...

Senin için ağladığım her gece...

Bir gün bana muhtaç kalarak ölmeni diledim!

Oysa *"Benim ömrümden al onun ömrüne kat"* diye dua ederdim senin için. Bana ne yaptın? Benim duygularıma ne yaptın? Sen benim yüreğime, sevgime ne yaptın böyle?

Her şeyin ilacı zaman değil, kabullenmektir.

Zamanın ilaç olduğu an senin bir şeyleri kabullendiğin andır. Sen kabullenmediğin sürece geçen zaman yalnızca pişmanlıktır...

Güç oldu, uzun sürdü ama kabullendim... Gittiğini, bittiğini, bir daha hiçbir şeyin düzelmeyeceğini kabul ettim... Senden sonra en çok bunu kabullenirken ağladım. İçim acımadı ama sadece özlediğimi hissettim. Bana sarılmanı özledim. Beni özlemeni özledim. Beni sevmeni özledim...

Bunları hissederken ağlamamak mümkün değildi, ben de ağladım. Yıllarca üzerine koyarak sevdiğim birini bir anda yüreğimden uğurlamak zor geldi. Ama buna beni mecbur bıraktın...

Sonradan öğrendim ki görüştüğün biri varmış, hayırlısı olsun...

Yokluğunu kabullenip senden vazgeçmiş olmakla kendime ne kadar büyük bir iyilik yaptığımı fark ettim. Üzülmedim desem yalan olur, içim çizildi. Ama hâlâ benim olmadığını kabullenmemiş olsaydım bu bir sıyrık değil derin bir kesik olurdu.

Çok şükür, Allah korudu...

Belki de hep hayatında olan biriydi ve ona karşı duyguların değiştikçe bana karşı sevgin azaldı. Ya da benden sonra tanıdın ve bıraktığım boşluğa onu aldın. İnan hiçbir önemi kalmadı... Umarım bu umursamaz tavrın kişilik özelliğin değildir ve onun kıymetini bilirsin. Üzüldüğüm doğru... Ama sen beni üzülmeye de alıştırdın ki zaten, yani bu benim için yeni bir şey olmadı.

Seni tarif edebilecek hiçbir duygu bırakmadın içimde. Aşk, sevgi, özlem, nefret, kin... Seni tanımlayacak hiçbir his kalmadı senden. Sanki hiç olmamış gibisin. Vardın ama olmasan da olurmuş gibisin. Yok gibisin, hiç gibisin...

Yine de birkaç kelimeyle anlatabilseydim seni, sanırım bu "değmez" olurdu. Sevdiğime de sevgimden öldüğüme de...

Bu yüzden artık ölmeni de dilemiyorum, hatta olması gerekenden çok daha uzun bir ömrün olmalı. Kaybettiğin her şey için kendinden hesap soracak kadar uzun bir hayat yaşamalısın. Neyse işte, sevilmenin değerini bilmeyen biriydin...

Ben Piraye oldum, sen de Nâzım...

Ben senin hayatında

sen Vera'yı tanıyana kadar vardım...

Öyle güzel bir gülüşü vardı ki,

o an sevmesem onu kendimi asla affetmezdim...

Ben de sevdim...

Onu tanıdığımda yaraları vardı.

Unutmak istediği ama değiştirmenin mümkün olma-dığı geçmişini bir kambur gibi taşıyordu sırtında. Gözleri hep umutsuz bakıyordu. Bazı zamanlar her şeyi unutup öyle güzel gülümserdi ki o hüzünlü yüzüyle, anlatamam bunu...

Benim de unuttuğum anılarım vardı. Ya da unutmuş gibi yaptığım birçok şey...

Zamanla daha sık görüşmeye başladık onunla. Benim-leyken bir başka mutlu olduğunu söylerdi. Onunla konuş-mak bana da iyi geliyordu ama ben hiç söyleyemezdim bunu, o her fırsatta söylerdi:

"İyi ki varsın..."

Yıllar önce bir kış ayıydı. Üniversite öğrencisiyim, yalnızım, üstelik hastayım da... Telefonda bile iki kelime edemeyecek kadar hastaydım hatta. Birkaç gün hiç konuşmadık. Bir sabah saat yedide kapı çaldı. Açtım, karşımdaydı...

O üzgün yüzüyle öyle güzel bakıyordu ki...

Sarıldı sonra... Sımsıkı sarıldı ve *"Sana bir şey olmasın..."* diye fısıldadı kulağıma. Öyle sıcaktı ki yüreğim ilk o zaman ısındı ona. Burnunu çeke çeke o ağlamaklı sesi nasıl iyi geldi anlatamam, o an kendimi dünyanın en değerli adamı hissettim.

Aktardan bir sürü şey alıp getirmiş yanında. Kaynatılıp içilecek bunlar dedi. Görünüşü berbat, tadı felaket kötü bir şeydi. Ama içtim ben onu...

Elleri Allahım...

Öylesine şefkatliydi ki elleri, zehir olsa içilirdi...

Gel zaman git zaman çok daha başka şeyler hissetmeye başladım onunla ilgili.

Gösterdiği ilgiden mi yoksa samimiyetinden midir bilmiyorum, âşık oldum ben. Kim bilir belki de hayatımda ilk defa kendimi özel ve önemli hissettirdiğindendir. Çok sevdim...

Birine alışmak diye bir şey var. Normalde sana saçma sapan gelecek şeyleri sevdiğin biri yaptığında mutlaka bir anlam yüklüyorsun. Mesela sesinin kötü olmasına rağmen onun söylediği bütün şarkıları sonuna kadar dinliyorsun. Tadı kötü olan bir yemek yapsa tabağında bir lokma bile bırakmıyorsun. Onun yaptığı her şeyi beğeniyorsun. Ben de öyle sevdim işte... Onun yaptığı her şeyin bir dili oldu bende, mutlaka bir anlamı vardı ondan ne gelirse. Hatta gidişinin bile...

Kavgasız gürültüsüz... Ve hatta adamakıllı vedasızca oldu, belki biraz da vefasızca...

Gidişi bile bambaşkaydı işte. Hayatımda ilk defa bu kadar çaresiz kaldım. İlk defa toparlanmaya çalıştıkça daha çok parçalandım...

Bitti nihayetinde, kaybettim onu...

Bana söylediği son cümle *"Seni çok seviyorum ama artık olmuyor..."* oldu. Yalnızca bir cümle insanın nefesini kesmeye yetiyormuş meğer. Hiç beklemediği bir anda, gitmesini hiç istemediği biri *"Bitsin artık!"* deyince...

Üzerine gidebilirdim, gönlünü almaya çalışabilirdim ama bunun bir faydası olmayacağını hissettim biraz düşününce. Çünkü sahiden gitmek istiyordu ve kararlıydı.

Biri seni kafasında tamamen bitirmişse ve buna kendini ikna etmişse, yüreğinde hâlâ devam etsen de bir anlamı olmaz. Zorla tutsan bile yüreğinde de bitersin zamanla. En sonunda kimse onu durduramaz...

Bunu biliyordum ve hiç zorluk çıkarmadım ona. Kırıcı tek kelime etmedim. Kendimi aptal gibi hissettiğim bir duyguyla öfkelendim ama incitmedim onu. Sadece sustum. Şayet bir gün gelmek isterse sonuna kadar açık bir kapı bulacağını biliyordu. Eğer dönmezse, beni kötü anımsayacak bir ayrılık konuşması bırakmamış oldum bu şekilde ona.

Bana verdiği bütün güzel şeylerin hatırına...

Onunla geçen zamana yıllar sığdı...

Yorucu geçen yıllar boyunca asla onunla mutlu bir sonum olmayacağını biliyordum. Yine de bir kere bile ondan kopmayı düşünmedim. Ne zaman o yanımdayken aklımdan ayrılık geçse sımsıkı sarıldım ona. Her seferinde ona son sarılışımmış gibi, bir daha onun hüzünlü yüzünü göremeyecekmişim gibi, dokunamayacakmışım gibi saçlarına, izleyemeyecekmişim gibi uykusunda...

Onda sevdiğim, alıştığım her şeyden sonsuza dek mahrum kalacakmışım gibi sımsıkı sarılıp koklayarak öptüm onu her defasında. O benim gözümün önünde oturup gözlerimin içine bakarken bile özlediğimdi.

Tarifsiz güzel bir şeydi onu sevmek ama her güzel şey gibi bitti...

Ayrılığın üzerinden hayli zaman geçti. Ama tam anlamıyla atlatmış değilim. Yürekten sevince zaman alıyor onsuzluğa tam anlamıyla alışmak. Belki de tam anlamıyla alışmak diye bir şey hiç yoktur. Belki de çok derinden sevenler kaybettiklerini bir ömür anımsamaya mahkûmdur. Ben de sık sık anımsıyorum. Aslında ben onu unutmak istemediğimden hatırlıyorum. Bir atkı örmüştü mesela bana, *"Sen üşüme, sana kıyılmaz"* diyerek sarmıştı onu ilk kez boynuma. O atkı yaz kış hep dolabımda, her açtığımda karşımda duruyor, bir ara yastığımın altına bıraktığı eşyaları ve yanına iliştirdiği not da...

Notta aynen şöyle yazıyordu:

"Seni sevdiğim bu geceyi asla unutma...

Hep yaşa...

Seni çok seviyorum..."

O not çalışma masamda, eşyalar da bıraktığı gibi hep yastığımın altında. Ve daha bunun gibi birçok şey...

Unutmak mı? Daha neler!...

Hiçbir ilişkide kaybeden taraf tek kişi değildir, ikisi birden kaybeder...

Bir taraf çok sevdiği birini kaybetmiştir, diğer tarafsa bir zamanlar ona karşı duyduğu hislerini... Ama mutlaka kaybeder herkes. Alıştığı teni, birlikte geçirdiği zamanı, birlikte kurulan hayalleri... Birlikte yapılmış hiçbir şeyi tek kişi kaybetmez. Yine de bir taraf daha çok şey kaybeder. Giden kaybetmiştir derler ya hep, aslında öyle değil... En çok kalan kaybeder. Çünkü geride kalanın kaybedişinin bir sonu yoktur. Önce sevdiğini, sonra uykusunu, gözyaşlarını kaybeder... En sonunda sevdiğine duyduğu o muhteşem hissi kaybeder kalan. En zoru da bu aslında... Çünkü ne zaman alışacağını, unutabileceğini bir tek Allah bilir...

Şimdi mutlu musun diye sorsalar, *"Acıyı fondip yapıyorum"* derdim.

O derece mutsuzum aslında. Giderken içimden bir şeyleri koparıp aldı sanki, bir daha kimseyi sevemeyecekmişim gibi geliyor bana. Hislerimi kaybetmiş gibiyim. Yine de gitti diye nefret büyütmedim içimde ona karşı. Başlarda öfkeliydim kabul ediyorum ama zamanla yatışıyor insanın sevdiği birine olan hırçınlığı. Kadere de sitemim yok, iyi ki çıkmış karşıma. Hatta hayata teşekkür ederim böyle birini yaşattığı için bana.

Ne onu tanıdığım için, ne de onu sevdiğim için pişmanım.

Öyle güzel gülüşü, öyle candan "canım" deyişi vardı ki, sevmesem pişman olabilirdim.

Ne yapalım kısmet değilmiş, beraber yaşamak da yan yana ölmek de...

İçimizden geldiği kadar sevdik biz, demek ki yetmemiş.

Bahtı açık, canı sağ olsun...

Birini çok sevebilirsin.

Adını milyon kere yazabilirsin şu kâğıda

sokaktaki duvara...

Ama ne kadar yazarsan yaz

hiçbir anlamı olmaz

o ismi kaderine Allah yazmadıktan sonra...

Belki bir gün özlersin...

Bir fotoğraf çıkar karşına ya da bir anı gelir aklına... Aslında özlemek için bir bahanesi olmamalı insanın, bir bahanen olmadan düşünürsün beni.

Belki bir gün özlersin...

Eğer olur da bir gün özlersen beni, bunu kendinden bile sakla...

Beni kimseye anlatma...

Ve asla hayatına giren biriyle beni kıyaslama. Çünkü benim gibi kimse sarılamaz sana, kimse incitmekten korkarak öpemez kirpiklerini, koklayamaz saçlarını... Bu yüzden asla beni biriyle karşılaştırma.

Kimse benim gibi sevemez kalbini, bu incitir seni...

Belki bir gün özlersin, hissetmiyormuş gibi yap bu duyguyu.

Kendini kandır...

Bir işe yaramayacağını kendimden biliyorum ama az da olsa rahatlatır...

Aslında bir gün mutlaka özle beni...

Her şey daha berbat bir duruma girmişken özle. Bir çıkış yolu olmadığında, benim için artık bir önemi kalmadığında özle beni.

Sevgimi, şefkatimi, sana kıyamadığımı hatırla ve öyle özle.

Berbat bir hayat yaşa demiyorum.

Ama bana yaşattığın her şey için bir gün pişman ol istiyorum...

İyi biri olmasa bile onu yine severdim...

En çok da ne koydu biliyor musun?

Neden gitmek istiyorsun diye sorduğumda yalnızca sustu. Söyleyecek hiçbir şeyi yoktu, belki de bir şey söylemek istemiyordu. Ya da öyle kararlıydı ki konuşmasının bir anlamı yoktu.

Üstelemedim ben de... Çünkü gitmek istiyordu ve gitmesine neden olacak şey her neyse beni çok daha fazla üzecekti, biliyordum. Belki azalan sevgi, belki de yeni bir sevgili... Onu benden alan şeyin ne olduğunu bilmek beni mutlu etmeyecekti. Yine de daha benden gitmeden, hayatında yeni birisi olmasındansa artık beni sevmiyor olmasını tercih ederim.

Bu yüzden bilmek istemedim...

Sonra sağ elimi avuçlarının arasına aldı, işte bu onun sıcaklığını son kez hissedişimdi. Burun direği diye bir yer var ya, o saniye orası sızladı işte. Boynuna sarılıp ağlamak istedim, gitme demek istedim.

Kahretsin ki ilk defa bu kadar kararlıydı. Çoktan bitirmişti her şeyi...

Onun dudaklarının arasından duyduğum son şey *"Sen çok iyi birisin"* deyişi oldu. İçim öyle çok acıdı ki o an, anlamasın diye gülümsedim.

"Ben senin iyi biri olmanı değil, yalnızca benimle olmanı isterdim" demek geçti içimden, çünkü iyi biri olmasa bile onu yine severdim. Ama diyemedim...

Teşekkürler dedim... *Teşekkürler...*

Kapıya değil, hep akla vuruyor özlenenler...

Gecenin bir yarısı...

Uzayan şu hüzünlü gecede sızlayan bir kalpten başka bir şeyim yok. Uykusuzluktan acıyan gözlerimden uyku değil, yaş akıyor. Sen oralarda bir yerlerde, benden sonra yeni biriyle uyuyorsun belki de...

Uyursun tabii... Huzurlu da olursun, mutlu da olursun...

Haklısın elbette... Kiminle mutluysan onun yanında olursun, bu senin hakkın. Sen bütün haksızlıklarını bende bıraktın sevgilim, hepsini bende yaşadın...

Sana kızmıyorum. Buna hakkım olmadığını da biliyorum. Benim bütün öfkem kendime, tüm kırgınlığım seni hâlâ içinde saklayan yüreğime... Nasıl oluyor da hâlâ dönecekmişsin gibi bekliyorum seni, nasıl oluyor da hâlâ sana bel bağlayıp yeni birini koyamıyorum yerine? Ben seni sevdim doğru... Belki beni zamanında dünyanın en mutlu insanı yaptın, belki ihtiyacım olduğu çoğu zaman yanımda sen vardın... Belki beni gülümsettin, belki çok zaman da sevindirdin...

Ama sen beni en çok ağlattın! Seni hayatımdaki her şeyden çok sevmiş olmam, beni paramparça etme hakkını vermez sana. Seni seviyorum diye kıramazsın kalbimi. Sırf sevdiğimden kıyamıyorum diye sana, istediğin her şeyi yapamazsın bana. Dilediğinde gidip dilediğinde dönemezsin. İzin vermem buna!

Ben senin yabancın değilim! Sen beni çok iyi tanıyorsun...

Hayatın boyunca seni en çok seven, senin yüzünden en çok üzülen, en çok kahrolan, ağlayan kişiyim. Bu yüzden beni asla unutamazsın. Muhakkak aklına gelirim bir anda bir yerlerde. Bir şeyler hatırlatır, anımsarsın.

Çünkü senin en tahammülsüz hallerini, her kahrını, her kaprisini çeken başka bir aptalı aramakla bulamazsın...

Gecenin bir yarısı...

Yokluğuna hâlâ alışamadım diye uyku girmiyor gözlerime. Aptal gibi seni düşünüyorum, düşlüyorum... Bir süre daha buna tahammül etmeye mecburum. Ben ne zaman seni özlemeyi unutursam işte o zaman uyku misafir olur gözlerime. Bu aralar hüzünlü gözyaşları ağırlıyor gözlerim. Ne zaman başımı yastığa koysam seni en baştan özlüyorum, düşünüyorum...

Mütemadiyen böyle devam etmeyecek biliyorum. Sadece acım biraz yeni, hepsi bu... Bir şeylerin düzelmesini falan da beklemiyorum ama insan kolay vazgeçemiyor işte...

Aslında pencereden çok yastıkta beklenir gidenler.
Çünkü kapıya değil, hep akla vuruyor özlenenler...

Onunla olmadıktan sonra
nerede olduğunun bir önemi yoktur...

Her zaman istediğin için değil, bazen de mecbur olduğun için geride kalırsın...

Çünkü öyle zamanlar gelir ki başka seçeneğin kalmaz. Hep yanında olmak, her an yanında nefes almak, hatta yanında ölmek istediklerin sana kendini fazlalıkmışsın gibi hissettirirler. Sarılmak istersin izin vermezler, konuşmak istersin sustururlar...

"Artık seni istemiyorum, anla!" demezler de bunu bir sürü farklı yolla hissettirirler. Hissedersin ama anlamak istemezsin. Sonra bir şekilde hayat kendi kararını kendi verir ve bir bahane sunar. Ya o "git" deme cesaretini gösterir ya da kendi gider. Her ikisinde de acıyan bir kalple yaşamak zorunda kalan sen olursun. Çünkü zaten seven de yalnızca sen olmuşsundur. Bu yüzden git dese de gidemezsin zaten. Ama o giderse kalırsın... Kalırsın çünkü peşinden gidecek cesaretini kırmıştır. Kalırsın çünkü tüm

bahanelerini bitirmiştir. Kalırsın çünkü gidecek başka yerin yoktur. Zaten onun olmadığı her yer aynı anlamsızlıktadır. Onunla olmadıktan sonra nerede olduğunun aslında pek de önemi yoktur...

Mesela ben hiç giden olmadım hayatımda. Hep geride kalan oldum, sessizce birilerinin gidişini seyrettim uzaktan uzağa. Bu yüzden kaybettiklerimin en iyi sırtlarını ezberledim. Bekleyen oldum sonra... Boşu boşuna beklediğimi bildiğim halde yine de sabreden oldum. Gittiler işte ve bir daha da dönmediler...

Ben her şey oldum da hayatımda, bir tek kıymeti bilinen olamadım.

Bu yüzden sevmeyen değil, hep vazgeçendim...

Kolayca unutup geçemedim,
çünkü ben sana güvenmiştim...

Benim beklentilerim vardı, umutlarım, düşlerim...

İçinde sen olan bir sürü hayalim vardı benim... Her şeyin güzel olduğu zamanlarda kaldı hepsi. Beni sevdiğin, benimle yaşlanmak istediğin güzel zamanlarda kaldı. Zamanla bir şeyler değişti sende. En sonunda sen değiştin... Hatta sen son zamanlarda benim değiştiğimi söylerdin. Önyargılar, duvarlar, uçurumlar büyüttün aramızda. Yüreğini soğutmak için elinden ne geliyorsa yaptın. Soğuttun da zaten, bunu yapmayı gerçekten başardın! Gözümden sakınırken gönülden uzak oldun işte. Kıyamadığımken göremediğim, deli gibi kıskanırken karışamadığım oldun.

Oysa nazar bile değmesin isterdim sana, şimdi kimin tenine değiyor ellerin?

Halinden memnun mu yüreğin?

Nelere kavuşmak için sahip olduklarından vazgeçtin bilmiyorum...

Ya da vazgeçtiklerine değip değmediğini... Gerçekten değdi mi? Yani bunca güzel şeyi yok etmene? Seni gerçekten seven birini kırmana, ağlatmana değdi mi? Hiç aklına bile gelmiyorum belki de... Bunları düşünüyor olmam bile kendi kuruntum. Öyle olmasa bir nasılsın diye sorardın, üstelik buna ne çok ihtiyacım olduğunu da biliyorsun.

Sahiden gelmiyor muyum aklına, böyle daha mı mutlusun?

Ben silemedim içimden. Bunu kaç kere denediğimi bilemezsin. Ama beni acıtacak bir şeyler kaldı senden geriye. Öyle yüreğinden kazımakla falan da olmuyor, mutlaka bir iz kalıyor...

Defalarca yüzüstü bırakmana rağmen nasıl olur da seni hâlâ sevmeye devam edebilirim diye düşünebilirsin? Haklısın da... Ama şunu bilmeni isterim ki, her ne kadar böyle bir şefkate layık biri olmasan da senden kolayca vazgeçemedim.

Çünkü ben sana güvenmiştim...
Çünkü ben seni gerçekten sevmiştim...

Yüreğim sana emanet...

Kalp kimde ısınırsa bir kere, ömür boyu onun sıcaklığına muhtaç kalır...

Ben de sana sevgilim... En çok sana ihtiyacım var, en çok sana muhtacım. Sende beni sana bağlayan bir şeyler var. Hava gibi mesela, su gibi ya da... Beni sana mecbur kılan olmazsa olmaz bir şeyler var sende. İlk gördüğüm gün verdim sana yüreğimi, senin haberin bile olmadı bundan.

Sende ömrümün kalanı var...

Hiç farkında olmadan dokunuyorsun çocukluğuma...

Çocukluğum demişken sevgilim, ben hiç böyle bir sevinç yaşamadım çocukluk çağlarımda. Büyük mutluluklar sığmazdı çünkü bizim oyun oynadığımız dar sokaklara. Basit sevinçlerim olurdu bu yüzden, para üstü yerine bakkalın verdiği sakız gibi mesela... Değme gitsin sonra dudaklarım arasında şişen sevgi balonuna... Bir de bayramlar sevgilim... Çocukluğun hür masumiyetinde nefretin henüz öğretilmediği zamanlardı. Ve hür çocukların sokaklarda saçlarının okşandığı bayramlardı... Çıkarsız, menfaatsiz, nedensiz sevgilerle birbirimize gülümsediğimiz o zamanlara götürüyorsun beni.

Sen bana bir sarılıyorsun dünyanın en mutlu çocuğu oluyorum o an, içimde bir Şeker Bayramı havası...

Sana başka nasıl anlatabilirim ki bu aşkı?

Kaygılar sevgilim, kaygılar...

Kıymetli şeylere sahip olan insanların yüreğinden kaybetme kaygısı eksik olmaz. Zengin kasada parasını, fakir sofrada ekmeğini... Ya da bir annenin çocuğundan sonra ölme ihtimalini düşünmesi gibi... İnsan değer verdiği bir şeyi kaybetmeyi düşünemiyor bile. Aklına gelince canını yakan şeylerin gerçekleşince vereceği acıyı matematikle hesaplayamazsın. Şunu bilmeni isterim ki benim de sahip olduğum senden daha değerli bir şeyim yok.

Kaygımı anlıyorsun değil mi?

Sen bana iyi geliyorsun...

İyi olmak için ömrüm boyunca denediğim her şeyden daha iyi geliyorsun bana. Hiçbir reçetede senden daha etkili bir ilaç yok mesela. Hangi konuda olursa olsun beni en çabuk sen iyileştiriyorsun. Ve tuhaf olan bunun için bir çaba göstermene gerek yok, bir gülüşün bile yetiyor. Bir öpüşün, hatta sen bir kere "boş ver" diyorsun hiçbir şeyim kalmıyor...

Elbette mutluluk kadar mutsuzluk da aşka dahil... Sevinçlerimizin yanında kederlerimiz de olmadı değil. Belki de bazen küçük şeyler için bile kırmış olabilirim seni. Bazen bunaltmışımdır, bıktırmışımdır farkında olmadan.

Ama her ne yaptıysam sana olan sevgimdendir. Aşkım başımı aştığı zamanlarda fark edememiş olabilirim seni kırdığımı. Yaptığım bütün saçmalıkları yüreğimdeki sevdaya ver. Hepsi seni çok sevdiğimden inan. Yoksa ben senin kılına bile kıyamam... Sana bir şey olsa senden önce benim canım yanar.

Sende ruhum var...

Bu hayatta senden daha çok kimse incitemez beni. Bütün içtenliğimle geldim sana, yüreğimi verdim. Bu yüzden en kolay sana kırılırım ben, en rahat sen üzebilirsin beni. Çünkü en zayıf yanlarımı biliyorsun, çünkü benim en savunmasız halim sensin. Ardına kadar sana açılmış bir kalp taşıyorum göğsümün altında.

İster kırıp at ilk yorgunluğunda, istersen bir ömür sakla...

Sen benim en güzel hislerimsin... Bu hayatta seni her şeyden daha çok sevdiğimi, nerede olursan ol bütün güzel duygularımla yanında olacağımı asla unutma.

Yüreğim sana emanet...

Herkesin yaşattığı her şey,
bir gün kendi sınavı olacak...

Sen şimdi gittin ya, git...

Nasılsa koymuşsun kafana, kim bilir ne kadar oldu kafanda bitireli beni. Aklından neler geçti, neler düşündün bilmiyorum. Ama vardır senin bir bildiğin...

Kimse kimseyi sonsuza dek sevmek zorunda değildi elbet. Ama dürüst olmaya mecburuz. İki kişinin yaşadığı bir sevdayı tek bir kişinin bitirmesi adil değil. Gözlerinin içine baka baka "Seviyorum seni..." derken, içten içe terk etmek inan hiç adil değil.

Senin yaptığını tırnak yapmaz ya ete...

Her neyse...

Dediğim gibi vardır elbette bir bildiğin...

Ya da kim bilir, belki de başka bir sevdiğin... Vardır işte bir şeyler. Seni değiştiren, seni benden alan, beni sana yok saydıran bir şeyler vardır elbette... Yoksa üzerine sinmiş kokum daha geçmeden kazağından, yüreğin geçmezdi ki benden...

Ben yanındayken aklın bende değilse, sen de durma zaten yanımda. Beni daha fazla alıştırma, daha çok sevdirme, bağlama kendine...

İnce hesaplar yapmayı iyi bilirsin sen, şunu da aklından hiç çıkarma:

Herkesin yüreğini bilen Allah, kimsenin ahını bırakmaz kimsenin yanına...

Tebrik ederim seni...

Senin bitirdiğin bir ilişki var, yüzüstü kalmadın sen. Terk edilmedin!

Gez, dolaş göğsünü gere gere...

Soranlara gururla anlat marifetini, "Ben terk edilmem, terk ederim!" diyerek övün kendinle. Üzmüşsün, kırmışsın, yarım bırakmışsın, hiç takma bunları kafana, keyfine bak...

Dedim ya, sakın unutma!

Bizi eşit yaratan Allah, kimsede ne hak bırakır ne de ah...

Sen bana çok büyük bir ders verdin, teşekkür ederim...

Sevdiğin kadar sevilmeyeceğini öğrettin mesela.

Herkesin bir gün gidebileceğini ve bazı gidişlerin
ölüme denk olduğunu öğrettin...

"Seni o kadar seveceğim ki hayatın değişecek" derdim
sana hatırlıyor musun? Öyle de oldu. Sevdikçe büyüdü
burnun, kıymet verdikçe bambaşka birine dönüştün.

Meğer değişmeye ne kadar da elverişliymişsin...

Ne kadar da yanılmışım senin hakkında, yazık...

Bir zamanlar hayatını değiştireceğim derdim...

Şimdi görsem yolumu değiştiririm...

Mutlu kadınlar gözlerinin içiyle gülümser...

Bir kızın hayatında yer etmek istiyorsan yüreğinin derinliklerinde bir boşluk vardır, o boşluğu keşfet. O zaman dünyanın en büyük kâşifi sen olursun.

İşte o boşluğu bulup doldurmalısın oğlum...

Bazen sevmek yetmez. Dost gibi sohbet etmek, arkadaş gibi dinlemek, sevgili gibi sarılmak yetmez... Bir kıza en çok baba olacaksın bu hayatta!

Çünkü bir kızın yüreğinde en derin yaralar da en büyük mutluluklar da babalarından armağandır. Bazılarında hiç tanımadığı babalarının özlemi, bazılarında tanıdığına pişman olmanın nefreti, bazılarında da yerine başka birinin geçemeyeceği bir sevgisi vardır. Bunu anlamalısın oğlum!

Bütün kadınların aynı olduğunu düşünen aptallardan olma asla. Sen nasıl ki bütün erkeklerin aynı olmadığını savunuyorsan, onun da farklı olduğunu kabul et. Yalnızca bir kadını anlayabilmek için bile bir ömür yetmezken, nasıl olur da hepsi aynı diyebilirsin?

Yanlış kadınlar da tanıyacaksın oğlum...

En çok onları sevmiş olacaksın, hatta en derin izleri onlar bırakacak hatıralarının arasına. Bazı kadınlar gururunu kıracak. Yine de hiçbir kadının açtığı yarayı başka bir kadınla sarmaya çalışma, çünkü onlar hisseder. Kadından yara bandı olmaz oğlum, bunu anladığı anda tuz olur o yaraya. Ya gerçekten seveceksin onu ya da hayatına hiç girmeyeceksin.

Bir kadının kalbini çalmak kolaydır oğlum ama kırılmış bir kadının gönlünü almak ciddi bir mesele. Asker arkadaşınla tartışır gibi kavga edemezsin bir kadınla. Ölçülü olmalısın. En önemlisi de bir kadına söylenmiş her söz birçok anlama gelebilir, yani onlar anlamak istediği şeyi anlamakta çok iyidir.

Doğru kadının kalbini hak etmediği yanlış kelimelerle kırma sakın.

Kadınlar asla unutmazlar oğlum! Belki kırılmamış gibi yaparlar, belki zamanla affederler ama asla unutmazlar... Ve bir kadın hiçbir şeyi boşu boşuna hatırlamaz oğlum. Gün gelir senin onu yaraladığın sözlerle seni kurşuna dizer.

En kötüsü de ne biliyor musun, ölmezsin!

Ölmeyi dilersin ama ölemezsin...

Harbi kadınlar da vardır oğlum. En iyi onları ayır diğerlerinden, en iyi onları tanı...

En delikanlıyım diyen adamlardan daha adamdır onlar. "Sana ihtiyacım var" dediğinde burnunun dibinde biterler hemen. İşte en çok onları sev. En çok onlara kıymet ver ve hiç yalan söyleme. Çünkü öyle kadınlar şanstır senin için. Kim bilir upuzun hayatındaki son şansındır belki de, sakın kaybetme.

Ve asla değişme oğlum!

Seviyorum dediğin kadını birkaç saatlik geçici ilişkilere değişme. Bir kadın için dünyanın en güvenli yeri sevdiği adamın göğsüdür, ona ait bir yeri başkasına verme. Seven kadın çok şey beklemez ki senden. Altı üstü seninle güvende olduğunu hissettireceksin. Onu da beceremiyorsan bir kadının hayatına zaten girmeyeceksin.

Kırma oğlum sevdiğin kadını!

Ne umudunu, ne güvenini, ne de kalbini...

Sevdiğin kadını mutlu et...

Çünkü mutlu bir kadın iki kere gülümser.

Hem yüzüyle, hem gözlerinin içiyle... Bunu fark et...

Çünkü kadınlar en çok fark edilmeyi sever. Saç rengindeki değişikliği mesela, yeni ojesini, ilk kez giydiği kıyafeti... Fark et bunları ve kesinlikle önemse. Küçük şeyler gibi göründüğüne aldanma. Kadınlar küçük ayrıntıları sever, çünkü gerçek güzellik ayrıntıda gizlidir. Ve kadınlar bunu iyi bilir, sen de bil... O küçük şeyler bile onları mutlu etmeye yeter.

Gerçekten mutlu olan kadınlar gözlerinin içiyle gülümser.

Sana bakarken gözlerinin içi gülümseyen kadını çok sev, çünkü o çoktan sevmiştir seni...

Mutlu olmak istiyorsan,
işe kendin için bir şeyler yaparak başla...

Hep birileri mutlu olsun diye uğraştın.

"Önce o mutlu olsun, onun mutluluğuyla ben de mutlu olurum" dediğin kaç kişi kaldı hayatında? Kaç kişi mutluluk verdin diye minnettar kaldı sana?

Kendini ertelemekten vazgeç artık... Çünkü senin kendine verdiğin değer kadar kıymetlisin başkasının kalbinde. Bırak artık başkaları için çabalamayı. Herkese hak ettiği kadar ver her şeyi. Aşkı, saygıyı, sevgiyi... Hem böyle yaparsan pişmanlıkların da az olur. Kimsenin seni incitmesine izin verme. Birisiyle bağların kopmak üzereyse ve alttan alan, kaybetmemek için uğraşan yalnız sensen eğer, boş ver gitsin... Çünkü tek bir kişinin ayakta tutmaya çalıştığı hiçbir şey kalıcı değildir.

Mutsuz musun, o zaman kendin için bir şeyler yapmaya başla.

Aklına ilk gelen şey saçlarını kesmekse eğer, bunu sakın yapma. Yanlış insanlar tanıman, yanlış insanlara kıymet vermen senin hatan değil. Karşındaki kişinin çirkinliğini kendine zarar vererek süsleyemezsin. Ve inan bana seni üzen ama bunu hiç takmayan biri için yaptığın her çılgınlığın sonu pişmanlık olacak.

Başka şeyler dene. Seni üzen, sana birilerini hatırlatan şarkıları dinlemekten vazgeç mesela. Odana kapanıp için çıkana kadar ağlama. Üzülmen gerektiği kadar üzüleceksin elbette. Ama hiçbir bitiş tüm hayatı durdurmaya yetmez. Her son başka bir başlangıcı getirecek sana. Bu bazen zaman alabilir ama mutlaka düzelecek her şey.

Sen yeter ki kendini biraz sev...

Kendini biraz önemse...

Kendinin ne kadar değerli olduğunu fark et...

Her zaman bir umut vardır.
Güzel şeyler olsun istiyorsan eğer,
buna en önce kendini inandır…

Konu sevmekse eğer ben geri kafalıyım evet.
Çünkü seversem çok kıskanırım,
paylaşamam, arar sorarım, merak ederim.
Ben böyleyim...

Sevgilim...

Ben seni yaşadığımız bu çağın çok gerisinde bir kafayla seviyorum. Ucu yüreğimde yanan mektuplar yazıyorum sana göndermediğim, seninse hiç okumadığın. Cüzdanımda bir resmin mutlaka var, hiç yanımdan ayırmıyorum...

Mesela varlığını hissetmeden tek bir gün bile geçiremiyorum. Öyle bir gün olursa da şayet, iyi geçmiyor inan bana. Kendimi berbat hissediyorum...

Biliyorum...

Çoğu zaman boğuluyorsun fazla ilgiden. Belki de alışkın değilsin benden önceki herhangi birinden. Ama ben seni daha önce seni hiç kimsenin sevmediği gibi seviyorum. Bazen kendimi geri çekmeye çalışıyorum. Ama ne zaman kendimi çeksem senden, seni kaybetmişim gibi acıyor içim. Bu yüzden bunu da yapamıyorum.

Sıkılma benden üzerine fazla düşersem. Merak etme, öyle yapışıp kalanlardan değilim. Bıkarsan bir gün ya da azalırsa sevgin kendinden soğutmak için türlü triplere girmene de gerek yok. Söylemen yeterli inan, gitmesini de bilirim.

Seni herkesten başka seviyorsam sen de herkesten başka ol, herkesleşme...

Çok sevilince değişme mesela, hep seni sevdiğim gibi kal...

Herkes geçer diyor da hiç geçmiyor.
Aşkı layığıyla yaşayan adamlar acının da
hakkını veriyor...

Yüreğinin yorulduğunu hissettin mi sen hiç?

Yani herhangi bir cumartesi sabahına kırılgan bir kalple uyandın mı?

Sevince bir başka kırılıyor insan işte. Özlüyorsun, merak ediyorsun ama elinden hiçbir şey gelmiyor. Kokusu burnunda, acısı bağrında, hasreti kursağında kalıyor...

Bir zamanlar ona sarılarak uyandığın, birlikte kahvaltı hazırladığın cumartesi sabahları o yokken ıstırap oluyor.

Herkes geçer diyor da hiç geçmiyor...

Aşkı layığıyla yaşayan adamlar acının da hakkını veriyor...

Mutluyuz sandığım bir ilişkim vardı. Meğer ben öyle sanıyormuşum.

Neyse işte, saçma bir şeyden dolayı ayrıldık biz bununla. Yemin ederim bir gram günahım yok, bütün suç onundu.

Ama öyle bir sevmişim ki haftalarca kendimi affettirmeye çalıştım.

O suçlu ama ben özür diledim. Barışamadık tabii. Bir gün karar verdim yanına gideceğim, bir de çiçek yaptırdım. Aradım bunu, görüşmek istemiyorum dedi. Nasıl bozuldum bilemezsin, günlerce ağladım. Ondan sonra da görüşmedik zaten ama o çiçeği saklıyorum hâlâ.

Aptallık günlerimden hatıra...

Hayatıma uğradığın için teşekkür ederim...

Seni neden unutamadım biliyor musun?

Çünkü senden sonra gelen herkes, senden çok sonra geliyordu...

Yerine koymak istediğim hiç kimse sen olmayı başaramıyordu, sevemiyordum senin gibi, dokunamıyordum, benden bir parçaymış gibi hissedemiyordum hiç kimseyi.

Sen...

Aşk yanımdan sakat bıraktın beni...

Hayatımızdan sayısız kişiler geçecek belki de, sayıyız "Seni seviyorum..." diyeceğiz başka başka insanlara... Sayısız defa öpüşeceğiz farklı dudaklarla, sayısız gecelerde birbirimizin adını sayıklayacağız başka birilerinin koynunda...

Çok sevdiğimizden unutamayacağız birbirimizi, çok sevdiğimizden ayrılmış olacağız zaten. Anlatacak kimsemiz olmayacak, anlamalarını zaten hiç beklemeden susacağız.

Hatırlayacağız birbirimizi, birbirimizden hiç haberimiz olmadan...

Çünkü biz, çok yarım kaldık birbirimize...

Gücüm yetseydi eğer, elini bırakmayan şu elimi dirseğime kadar kalbime sokup, söküp atardım seni! Ya da imkânım olsaydı senin defalarca girdiğin gibi kendi aklıma girip kovardım seni beynimden. Çekip çıkarmak istiyorum kendimi senden, nefret etmek ya da hiç hatırlamamak bile hatta...

Ama elimde değil işte, yapamıyorum.

Seviyorum ve unutamıyorum...

Ben kelimelerin kifayetsiz kaldığı o yerdeyim. Anlatılamayacak kadar büyük bir boşluktan düşüyorum hâlâ. Sonu gelsin istiyorum artık bu derin acının ve çakılayım istiyorum dünyanın bütün gerçeklerinin göğsüne.

Anlamak...

Anlamak istemediğim her yalanın katı yüzüyle yüzleşmek istiyorum, kabullenmek istiyorum bütün olasılıksızlıkları ve "Bir daha gelmeyecek!" deyip sıyrılmak istiyorum hayalinden. Sıkıca sarılıp kendime, ağlamak istiyorum hıçkıra hıçkıra...

İsyan etmeden...

Küfretmeden...

Seve seve kurtulmak istiyorum senden...

Sana kızgın değilim, kırgın da...

Bitmesi gerekiyormuş ve bitti, hepsi bu. Üzülmedim değil, hâlâ canım nasıl yanıyor bilemezsin. Biliyorum ki böylesine derin bir acının nedeni, tarifsiz bir mutluluğun bitmesiydi.

Her şeye rağmen, hayatıma uğradığın için çok teşekkür ederim...

Hakkın neyse onu yaşa...

En çok neye üzülüyorum biliyor musun?

Bir zamanlar sesimi duymadan uyuyamadığını söylerken, şimdi bir mesaj atmaya bile üşeniyorsun. Sanki hiç sarılıp uyumadın, sanki hiç omzuma yaslanıp ağlamadın... Dua et de değsin bana yaşattığın bunca şeye. Dua et her şey yolunda gitsin ve bir daha ağlama. Çünkü bir daha ağlarken başını koyup teselli olamayacaksın bu omuzda... Sahi hiç mi canın yanmadı, özlediğin olmadı mı, bir kere bile mi sesimi duymak istemedin? Ben senin bir gülüşüne muhtaçken, sen kimleri mutlu ettin?

Bu kadar sessiz kalmaya nasıl elverdi için?

Yazık...

Sana ne diyebilirim ki başka?

İçimde sana karşı hissettiğim iyi kötü her şeyi bitirdin... Biliyor musun kızamıyorum bile sana, nefret edemiyorum, kin tutamıyorum... Tüm bunlara rağmen seni sevmek de gelmiyor içimden. Mutluymuşsun, üzülmüşsün, pişmanmışsın...

Bu saatten sonra ne hissettiğinin hiçbir önemi yok.

Umurumda bile değil aslında.

Hakkın neyse onu yaşa...

Nasıl desem...
Beni anlayabilmen için
tek bir şey gerek aslında.
Hak ettiğini yaşa...

Bir gün çıkıp gelse affetmezdim belki
ama yine de severdim...

Üzerinden yeterince bir zaman geçtikten sonra, yani geçmişte üzüldüğü şeylerin artık bir önemi kalmadığında tek bir şeyi hatırlıyor insan:

Onunla geçen son konuşmayı...

Nasıl tanıştığını, neler yaşadığını, ne kadar sevdiğini unutuyor da insan, nasıl terk edildiğini bir türlü çıkaramıyor aklından. Hele ki hiç hak etmediğin bir vedaysa yaşadığın ve üstelik terk edilirken bile kırmaktan korkup sustuysan asla unutamıyorsun...

Ben de sustum...

Onu en çok sevdiğim günlerden biriydi. Onun da benden ayrılmak istediği günlerden biriymiş meğer, bilmiyordum. Onu sevdiğimden bahsetmeye çalıştığım her cümleyi ağzıma tıktı tek tek. Aklımın ucundan geçseydi eğer gitmek istediği, derdin ne diye sorardım ama bir türlü anlayamadım. Kursağımda kalan, tamamlanmamış cümlelerim oldu gün boyu. Uzun uzun bahsetmiyordu hiçbir şeyden, söylediği her şey kısa ve netti. Yavaş yavaş midemde bir yangın başladı o zaman, içim acıyordu. Bana hissettirmeye çalıştığı şeyi hissetmeye başlamıştım işte, gidecekti... Hangi seven insan duymak ister ki "bitti" kelimesini? Ben de bunu duymak istemediğim için sustum. Susarsam o da konuşmaz diye düşündüm. Bir süre sustuktan sonra bana adımla hitap etti. Adımı ondan ilk kez duydum, onun ağzına benim adım hiç yakışmıyormuş meğer. İçim acıyarak öğrendim bunu...

Öyle çok şiddetli bir konuşma olmadı ya da hiç tartışmadık. O üstünkörü bir şeylerden bahsetti, kendince haklı olduğu şeyleri anlattı. Aslında düşündüğü hiçbir şey doğru değildi, yerden göğe kadar haksızdı. O konuştu, ben sustum...

Ne diyebilirdim ki? Gitmek istiyordu işte!

Boynuna sımsıkı sarılıp *"Ben seni ilk günkünden bile çok seviyorum, lütfen gitme!"* demek isterdim. Ama kurduğu kısa, net ve keskin cümlelerinden bunu hiç umursamayacağını fark ettim. Sustum...

Eli kolu bağlı olmak ne demekmiş o zaman anladım. Gitti... Ve ben o giderken kalması için hiçbir şey yapamadım. Bir yerlerde unutulmuş eşya gibi hissettim kendimi. Bazen de dünyaya getirilmiş ama istenmediği için bir çöp kutusuna atılmış bebek gibi...

O giderken ben yalnızca sustum. Konuşmak istedim ancak konuşursam ağlayacağımı biliyordum. Bir hıçkırık yer etti o an gırtlağıma, dudaklarım titriyordu. Bir kelime etsem vuracaklardı sanki beni. Oysa ne çok şey söylemek isterdim.

"Gitme ulan seviyorum seni! Gitme ulan senden başka bir mutluluğum yok, gitme! Gidersen öldürürüm kendimi, kal!"

diye bağırmak isterdim. Gözlerim o kadar dolmuştu ki anlatamam, gözbebeğim boğuldu o zaman. Kör oldum... Ellerini tutup yanaklarıma sıkıca dayayıp *"Bu yüz senin, bu gözler senin. Gitme!"* diye haykırmak istedim. Ama gözlerime bile bakmadan konuştu benimle, kör oldum. Kalbim kör oldu...

Söylemek istediğim her şeyi yuttum. O kısa, net ve keskin cümleler kurdu.

Ben sustum...

Onca zaman geçti üzerinden…

Onunla ne yaşadım, aramızda neler olup bitti, beni en çok ne zamanlar mutlu etti hepsini unuttum. Ama onu son gördüğüm, onun benimle kısa, net ve keskin cümlelerle konuştuğu, benimse sustuğum o son yarım saati unutamıyorum. O anı ne zaman hatırlasam boğazımdaki o düğüm dudaklarımı hâlâ titretiyor. Hâlâ ağlayacak gibi oluyorum, hâlâ zoruma gidiyor...

Bir gün çıkıp gelse, "Ben geldim..." dese "Hoş geldin..." derim. Bunu biliyorum. Belki affetmezdim birçok şeyi ama yine de severdim...

Hatta bir gün geldiğinde ellerini kaybetmiş olsa bileklerinden, ona ellerimi bile verirdim. Ben ona vaktiyle yüreğimi verdim, ben ona ciğerlerimi verdim. Ellerimi de seve seve verirdim. Bir süre sonra beni yeniden terk edeceğini, o ellerle bir başkasını sevmeye devam edeceğini bilsem yine verirdim.

Çok değil, yalnızca bir dakika bile olsa yüzümü avuçlarına alıp beni sevsin isterdim...

Beni azat et...

Bu senin için ağladığım son geceydi...

Bu son özlemim sana...

Son bekleyişim seni...

Son mektubum...

Tadını çıkar...

Senin hiç bilmediğin ve asla da bilemeyeceğin bir duyguyla yazıyorum sana. İçimdeki bu tarifsiz sızı incitirse seni kusura bakma lütfen...

Nefretim...

Öfkem...

Kinim...

Hepsi haddinden fazla sevgiden...

Ben bu gece senden vazgeçiyorum...

O kadar üzgünüm ki anlatamam. Bir yarım hâlâ sana muhtaç, diğer yarım kırgın... "Keşke tanımasaydım seni" demek istiyorum ama buna da varmıyor dilim. Seni tanımak başıma gelen en güzel şeylerden biriydi, belki de en güzeliydi. Ama güzel olmak güzel kalmaya yetmedi... Bütün iyi niyetimin tükendiği yerdeyim şimdi. Seni üzecek tek kelime bile edemiyorum. Seni hâlâ neden sevdiğimi bile bilmiyorum aslında. Bunca şeye rağmen nasıl olur da hâlâ kıymetli kalabildiğini anlayamıyorum. Çok geldi değil mi? Kaldıramadın bu kadar sevgiyi... Ve nihayet beni öyle yerle bir ettin ki toparlayamıyorum.

Küçücük yüreğine sığınmıştım oysa, şimdi yeryüzüne sığamıyorum...

Biliyor musun her halinle sevdim seni...

Gecenin bir yarısı yarı uyanık sevdim, sımsıkı sarılırken bile özleyerek sevdim... Hatta senin bile kendini sevmediğin kadar çok sevdim. Üstelik ben seni ailen gibi mecburiyetten de değil, yalnızca sen olduğun için sevdim.

Sen bunu bilemezsin...

Ben bu gece senden vazgeçiyorum...

Senin olsun kıyamadığım saçların, kirpiklerin... Senin olsun duymadan uyuyamadığım sesin.

Bir gün bıraktığın boşluk doldurulur elbet.

Yeter ki gelme aklıma!

Beni azat et...

Giderken, "Soğudum!" dedi...
O öyle dedi ya benim içim üşüdü o an.
Oysa yüreğim yanıyordu, bilmiyordu...

Üstünden biraz zaman geçti...

Geçen yalnızca zaman oldu zaten. Benim içimdeki sızı hiç geçmedi. Bir gün öyle çok özlemişim ki dayanamadım. Belki erimiştir diye yüreğinin buzu, aradım...

Telefon ilk çaldığında önce pişman oldum, uzun uzun çaldı ama açmadı. Bir kere arayınca bir güç geliyor insana, sonra defalarca aradım. En sonunda açtı.

Ben *"Sesin..."* dedim, o *"Neden aradın?"* dedi.

"Özledim..." dedim, *"Bu konuyu kapatalım!"* dedi...

Kapattık...

O gün bugün açmıyoruz bu mevzuyu. Ne o arıyor zaten ne de ben... Aklımda kalan tek şey özledim dediğimde "Bu konuyu kapatalım!" dediği oldu. İlk defa o an nefret ettim içimdeki sevgiden, aşktan.

Sevmemesi hiç önemli değildi oysa ama benim özlemimi önemsemesi o an çok koydu. İlk o zaman bitti işte. O cümleyle her şey son buldu. Şimdi ölsem hasretiyle, bir daha aramam.

Çünkü ona yanan bu yürek, artık buz oldu...

O zaman söz verdim kendime:

Aramayacağım bir daha!

Alışacağım yokluğuna...

Ben elbette alışacağım yokluğuna.

Upuzun gecelerim olacak ağlayarak uyumaya çalıştığım. Kalbim kırık uyanacağım birçok sabaha...

Ama alışacağım işte bir şekilde yokluğuna!

Sesini duymak için can atsam da, elim gitse de defalarca telefona:

Aramayacağım!

Alıştığım gibi şefkatine...

Alışacağım yokluğuna da...

Bende kaybettiğin huzuru kimsede bulama...

Ben bu gece seni terk ediyorum...

Senin hiç haberin olmayan bir ayrılık olacak bu. Kırıp dökmeden, saçıp savurmadan sessizce gideceğim hayatından.

Hoşça kal...

Daha fazla zorlamanın bir anlamı yok sen de biliyorsun.

Zoraki günaydınlar, samimiyetsiz iyi gecelerimiz bile kalmadı. Günler süren suskunluklarımız kaldı geriye. Varsın onlar da olmasın artık... En azından hiçbir beklentimiz olmasın bundan sonra.

Yani sen sağ, ben selamet.

Ne bir haber bekle benden, ne de bir selam et...

Kopalım inceldiğimiz yerden...

Biliyorum uzun zamandır hasretle bekliyordun bu durumu.

Sırf bana haksızlık olmasın diye, sırf vicdanın rahat etsin diye benim ayrılmam için zorladın beni. Şayet böyle rahat edecekse için, huzurla yastığa koyabilirsin başını. Çünkü ben gidiyorum, çünkü başka bir yol bırakmadın bana.

Çünkü bu umursamaz tavrın benim dayanabilme gücüme çok fazla...

Sana olan kırgınlığım aşkımdan çok bu gece...

An geliyor en derin hakaretleri etmek istiyorum sana ama hiçbir ağır söz seni anlatmaya yetmiyor.

İçimde sana karşı öyle bir kırgınlık var ki, ne yapsam hafiflemiyor...

Bir gün beni ara istiyorum...

Öyle telefonla falan değil, şefkatimi mesela, sevgimi ara...

Ama bende kaybettiğin huzuru hiç kimsede bulama...

Gitmeyi ben istemedim,
sen buna mecbur bıraktın...

Bazı zamanlar seninle gittiğimiz yerlerin önünden ge-
çiyorum. Seninle yürüdüğümüz yollardan yürüyorum...
Ama seve seve değil... Mecburiyetten...
Zaten bu şehirde birçok yerin adı değişti senin yüzün-
den. Mecburiyet Caddesi, Mecburiyet Sokağı, Mecburi-
yet Kafe... Aslında sen olmadan aldığım nefes bile mec-
buriyetten! Seni anımsatacak milyon tane şey sığdırmışız
bu kente. Biriktirdiğimiz bütün hatıralar vakti gelince
acıtsın diyeymiş meğer... Yenikapı İskelesi mesela... Se-
nin gelişini beklediğim, buluştuğumuz her yer acıtıyor. Bu
şehirde vapurlar denize değil, yüreğime batıyor... Seninle
otobüs beklediğimiz duraklara uğramıyorum bile, her za-
man bir ileriki durağa yürüyorum. Şimdi hangi şehirde ya-
şadığını bile bilmiyorum, seninle değil bıraktığın hatıra-
larla karşılaşmaktan korkuyorum... Ben seni hatırlamaya
mecbur değilim ama sırf seni unutamayayım diye küçük
değil mi zaten dünya? Seninle attığım her adım gözleri-

min önüne geliyor. Sonra bu film bir an önce bitsin diye yalvarıyorum.

Ben mesela o bahsettiğim yerlerde bir saniye bile duramam hiçbir zaman.

İçimde bir acıyla ana avrat dümdüz gidiyorum...

Gittim senden...

Bir yaz sonuydu, başka bir seçeneğim yoktu! Gitmemi istedin ve gittim...

Git derken şaka yaptığını düşündüm önce. Ama işin ciddiyetini gözlerim dolarken hâlâ "şakaydı" demediğinde fark ettim. Sırtımı döndüğümde kollarının boynuma sarılmasını beklerdim oysa. Çünkü sen benim üzülmeme kıyamazdın hiç. Ne sarıldı kolların ne de kalmam için tek bir kelime ettin. Yeterince uzaklaştıktan sonra izliyor musun diye arkamı dönüp baktım bir kere. Gözden kaybolmamı bile beklemeden gitmiştin sevgilim, yoktun orada... Geride kalbimi bırakıp bavullar dolusu anıyla gittim senden... Kokunu aldım yanıma, göz rengini, saçlarının uzunluğunu... Seni seviyorum diye kulağıma fısıldadığın geceyi aldım, öpüşünü, sıcaklığını... Unutulması gereken ama hatırlamaya değer bütün güzel şeyleri aldım yanıma... Kaderi değiştirmek imkânsız biliyorum ama o gün her şey daha farklı olsun isterdim.

Ya da o günü hiç yaşamamış olmayı dilerdim...

Bir yaz sonuydu işte...

Bütün yapraklarını döktü umutlarım. İçimde milyarlarca ölü kelebekle ayrıldım senden. O gün sevgilim, o gün her şey daha farklı olsun isterdim...

Sen paslı bir makasla budarken tutunduğum dalları, duygularımı, hislerimi, aramızdaki bağı, ben çırılçıplak kaldım. O gün çok savunmasızdım ve sen hiç acımadın. Düşman olsa yapmazdı senin yaptığını. Sanki aylarca bir savaşa hazırlık yapmışçasına saldırdın bütün birikmişliğinle. Oysa buna hiç gerek yoktu sevgilim. Çünkü ben sana karşı her zaman silahsızdım...

"Git!" dedin...

"Öl!" der gibiydin...

Sesinde biraz sıcaklık aradım, bakışlarında biraz merhamet... Yoktu...

Ben hiçbir zaman gitmek istemedim. Bunun için beni asla suçlayamazsın.

Sen beni mecbur bıraktın...

Yanlış kişiler yanlış zamanda gider, üzülme...

Kimseye sevilmemek dokunmaz...

Kimse kimseyi sevmek zorunda da değil zaten. Ama birinin seni sevdiğini sanıyorsun ya ve o da buna seni inandırıyor ya, işte bu çok kötü! Çünkü birini harbiden sevince ona kalbini açıyorsun, güveniyorsun, inanıyorsun... Sonra bir bakıyorsun uğruna ne savaşlar verdiğin insan sana kolayca sırtını dönüp gitmiş...

Hayal kırıklığı kardeşim...

İnsanın canını asıl acıtan şey de bu aslında. Sonra kimselere gönlünü açamıyorsun bir daha...

Umutlanmak diye bir şey var kardeşim...

Birini tanıyorsun ve her şeyin onunla daha başka olacağını düşünüyorsun. Hani her şey iyiye gidiyor sandığın, daha da güzel olacak diye düşündüğün, buna tüm benliğinle inandığın bir an var. İşte bu noktadan sonra başlıyor aslında her şey.

Çünkü seni yüzüstü bırakan hiç kimse ona alışmadan, sevmeden, ona güvenmeden gitmez...

Yanlış kişiler yanlış zamanda terk eder...

Çünkü onlar senin ne kadar üzüleceğini hiç umursamaz. Sen onun için birçok şeyi feda etmişsindir, ama senin feda ettiğin hiçbir şey onun için bir şey ifade etmez. Çünkü yanlış insandır o...

Ve sen kardeşim...

Seni yanlış zamanda, ona en çok ihtiyacın olduğu anda, onu en çok sevdiğin zamanda terk eden birini asla affetme!

Ve asla öyle birini kayıptan da sayma. Aksine daha mutlu ol.

Şükret ondan kurtulduğun için, hatta sevin.

Sen mutlu ol ki, o artık ne kadar değersiz olduğunu hissetsin...

Bazı insanların hayatındaki yeri nettir.
Ya hep
ya hiçtir...

Korkuyorum bir gün özlemek için bile geç kalacaksın...

O kadar acıyor ki canım, inan yerimde olmak istemezsin.

Henüz fırsatın varken tadını çıkar bunun, yapmak için ayrılmak zorunda olduğun ne varsa hepsini yap dilediğince.

Bugünün pişmanlığı bir gün vicdanını kemirince, işte o zaman ben de senin yerinde olmak istemeyeceğim...

Yeni bir ilişkiden çıkmış olmanın rahatlığı var üzerinde. Öyle ya tüm yüklerini attın.

Rahatlamışsındır üstelik gözün aydın...

Terk etmiş olmanın ferahlığı daha ne kadar serin tutar yüreğini bilmiyorum ama bir gün vicdanın acıdığında beni anlayacaksın.

Şimdilik susuyorum...

Sanma ki çaresizliktendir bu sessizliğim. Senin en ufak bir sevgiye dahi değmediğini biliyorum. Ama geçirdiğimiz güzel günlerimiz de oldu. İşte o güzel günlere saygımdan susuyorum...

Korkuyorum bir gün beni özleyeceksin, bir gün bana gerçekten ihtiyacın olacak...

Korkuyorum bir gün yanımda olmak isteyeceksin.

Ama her şey için çok geç olacak...

Kurtar beni senden...

İki kalp aynı anda severse birbirini aşk olur. Aynı anda vazgeçerse birbirinden ayrılık olur. Biri hâlâ severken diğeri vazgeçerse cinayet olur.

Sen beni öldürüyorsun...

Yokluğunla başa çıkamayacak kadar alıştım sana. Sensiz kalmak yalnızlıktır bilirim ve ben yalnız kalmaya hiç hazır değildim... Başlarda davetsiz bir misafirdin ama zamanla yüreğimde yer ettin. Nasıl ki beklenmedik bir anda girdin hayatıma, öyle de çıkıp gittin. Selamsız, vedasız... Ama en çok da hayırsızdın sen, vefasızdın...

Bitti deyince bitmiyor her şey, gitmekle de gidilmiyor... Sen sanıyor musun ki görmeyince alışır insan, unutur yürek? Olmuyor... Ne alışıyor insan ne de yürek unutuyor. Ben seni yüreğimin kıyısıyla değil, canımın ortasıyla sevdim. Nasıl alışabilirim, nasıl unutabilirim?

Her gece aynı acıyla uyuyakalıp her sabah aynı hayal kırıklığıyla uyanmaktan yoruldum. Ya gel dindir acımı ya da öldür.

Ne olur, kurtar beni senden...

Geçer diyorlar...

Seni tanımayan, seni nasıl sevdiğim konusunda en ufak bir fikri bile olmayan herkes geçer diyor. İçimde nasıl bir boşlukla yaşamaya çalıştığımı bilmiyorlar. Her gece aramanı beklediğimi, karnım ağrıyana kadar ağladığımı bilmiyorlar. Yastığımın yüzüne senden kalan tişörtü geçirdiğimi, her gece başımın göğsünde olduğunu hayal ederek uyuduğumdan kimsenin haberi yok... Herkese göre kolay seni unutmak ama onlar seni tanımıyor, seni sevmek nasıl bir duygu bilmiyorlar...

Ama geçer diyorlar...

Bunun geçeceği falan yok, bilmiyorlar...

Unutmak diye bir şey yok!

Unutmaya çalışmak var.

Unutmuş olmayı istemek var.

Bir de "hiç unutamamak" var...

Kalp sancısı...

Sizin hiç kalp kırığınız oldu mu?

Öyle birkaç gün sonra geçen, bir mesajla yumuşayan, bir öpücükle biten cinsten değil... Sizin hiçbir röntgen filminde görünmeyen ama etinizi acıttığını hissettiğiniz bir kalp kırığınız oldu mu?

Benim oldu...

Bazı günler oluyor aklıma bile gelmiyor. Unuttum sanıyorum, bitti sanıyorum, "Oh be kurtuldum..." diyorum. Ama o günün gecesinde aslında öyle olmadığını anlıyorum... Mesela yatıyorum, uyumam gerektiğini biliyorum ama içimdeki o koca boşluk beni uyutmuyor. Bir an önce bitsin diye dua ediyorum. Saatlerce tavana dikili kalıyor gözlerim, yine o gözlerle aptal gibi ağlıyorum.

En kötüsü de ne biliyor musunuz, ertesi gün yine o lanet olası kalp ağrısıyla uyanıyorum... Öyle bir hale geldi ki artık uyumakla da geçmiyor.

Size de oluyor mu hiç, yoksa ben mi abartıyorum?

Bazen diyorum ki "Kimin için acı çekiyorsun oğlum sen, değiyor mu?" Değiyor be!... Tüm bu kırgınlıklara, acılara, öfkeye rağmen değiyor... Görseniz dünyalar güzeli değil belki ama o benim dünyam...

Aşk bazen kanser kadar tehlikeli bir hastalık oluyor. Onunla olmayacağını biliyorsun ancak vazgeçemiyorsun. Vazgeçiyorsun, onsuz yapamıyorsun...

Kimi zaman küçülüyorsun bile gözünde. "Ben olsam asla yapmam" dediğin her şeyi yapıyorsun. Yani doğru kişiyi sevmiyorsan eğer, sen kendin yanlış birine dönüşüyorsun...

Aslında bu kalbi söküp atmak gerek bir yerde...

Bir tutam sevgi için seni maskara ediyor diye beş para etmeyecek birine...

Ne kadar ağırına gider insanın...
En güzel günlerini geçirdiği biriyle
artık paylaşacak tek bir şeyinin bile kalmaması...

Mutlu insanların kalbindeki kuşlar
sevdiğinin omzuna konar, korkmazlar...

Seninle olmak güzel şey... Seninle yan yana olmaksa muazzam...

Bazı insanlar bazı insanlara Allah'ın hediyesi gibidir. Sen de bana verilmiş en güzel armağansın. Biliyor musun ortak birçok yanımızın olması bir ayrıcalık değil belki de.

Aslında seninle aynı yüzyılda yaşamak bile bir şans bence...

Senin yanındayken korkmuyorum hiçbir şeyden. Çünkü sana güveniyor kalbim...

Ben ne zaman seninle buluşsam, ne zaman sana sarılsam... Aslında sen ne zaman gözlerime bakarak gülümsesen...

Kalbimdeki kuşlar omzuna konuyor...

Kaybettiklerine takılıp kalma,
hâlâ sahip oldukların da yeter sana...

Son zamanlarda kendini yalnız hissediyorsun öyle değil mi? İçinde biriken, anlatmak isteyip anlatamadığın, paylaşacak kimseyi bulamadığın bir şeyler var. Ne zaman biriyle paylaşmaya kalksan seni anlamayacağını düşünüp susuyorsun. Ama bu şey seni her gün biraz daha kemiriyor, uykularını kaçırıyor, çoğu zaman da ağlıyorsun...

Kimi zaman oluyor güçsüz olduğunu düşünüyorsun. Sanki rüzgâra kapılan bir tüy gibi hissediyorsun kendini. Gitmek istediğin yerden uzaklara savrulduğunu düşünüyorsun. Her şeyi boş verdim diyorsun, umurumda değil artık diyorsun, ne olacaksa olsun diyorsun ama böyle olmaması için yine de dua ediyorsun. Daha fazlasının olmasından korkuyorsun, kaybettiğin şeyleri yeniden kazanmak istiyorsun. Hatta bazen zamanı bile geri döndürmek için her şeyini vermeye hazırsın.

Çünkü her ne kadar umurumda değil desen de hâlâ önemsiyorsun...

Hâlâ düşünüyorsun...

Hâlâ içinde bir umut taşıyorsun...

O umudu asla kaybetme!

Unutma ki her şeye sahip olanlar için değil, umudunu asla kaybetmeyenler için güneş her sabah doğar. Çünkü hiç kaybetmeyen insanlar sahip olduğu şeylerin değerini bilemezler. Mutlaka bir beklentin olmalı hayattan. Uykudan uyanır uyanmaz gerçekleşmesini beklediğin bir duan olmalı.

Kaybettiklerinin üzüntüsünü yaşamayı bırak ve sahip olduklarının keyfini çıkarmaya bak. Göreceksin ki üzüntülerinin hepsi geçecek.

Ve o gün hayat sana yeniden gülümseyecek...

Ben sende ne anlama geldiğimi
hiçbir sözlükte bulamadım sevgilim...

Biz seninle hiç yürüyemedik sevgilim...

Birlikte olduğumuz sürece bir arpa boyu yol alamadık
ne yazık ki... El ele tutuşup tüm dünyaya "Bu benim diğer
yarım!" der gibi dolaşamadık gönlümüzce. Kendi içimizde
her ne yaşadıysak birbirimizle ilgili, ruhumuz bile duyma-
dı. Kendimizden bile saklandık hep, bu yüzden aynı aşk-
ta aynı duygularla hiç karşılaşamadık seninle. Aynı anda
özleyemedik birbirimizi mesela. Hep bir çaresizlik anın-
da sığınacak son liman olduk birbirimize. Ağlanacak bir
omuz veyahut yalnızca yalnızlığını paylaşan iki yabancı
olmaktan öteye gidemedik biz.

Sen hiçbir zaman izin vermedin hiçbir güzel şeyin daha
ileri gitmesine...

Senin bir gün aşka yenilme korkun, benimse bir gün
seni kaybetme endişem vardı sevgilim...

İki ortak noktada buluşamadık seninle. Ben sana bir

adım geldikçe sanki seni tutan bir şeyler vardı. Olduğun yerde kalmayı da bilemedin. Seninle birlikte olduğumuz hiçbir süre içinde ben sana yaklaşmayı başaramadım. Hep çektin kendini, her seferinde biraz daha uzaklaştın. Ne adamakıllı sevdik ne de inceldiği yerden kopsun deyip gitmeyi becerebildik...

Bazen ne düşünüyorum biliyor musun?

Acaba çok mu fazla uzattık? Ya da en yakın olduğumuzu sandığımız zamanda bile birbirinden tamamen farklı iki iklim kadar mı uzaktık? Sımsıkı sarıldığımızda mesela, öpüşürken ya da havadan sudan konuşurken bile mi anlamsızdık?

Ben seni çözemedim...

Ben sende ne anlama geldiğimi hiçbir sözlükte bulamadım sevgilim. Sahi çok mu saçma sapandı her şey ya da sende çok mu anlamsızdım? Seni hiç anlayamadım, korkarım ki asla da anlayamayacağım... Rujun kadar özenle tutsaydın elimi, çantandaki küçücük bir ayna kadar olmazsa olmazın olabilseydim; belki o zaman kendimi biraz daha değerli hissedebilirdim.

Ama ufacık nüanslar kadar bile önem teşkil edemedim sende.

Bazen diyorum ki, o çok sevdiğin mini eteğin boyu kadar da olsa sevseydin beni keşke...

İçini görebilseydim, ah!...

Beni taşıdığın yerde görebilseydim kendimi bir kere. Yalnızca bir kere olsun perdelerini aralasaydın bana, duvarlarını kaldırabilseydin bir kere... İçimde sana karşı aza-

lan, azaldıkça can kaybettiğimi, tükendiğimi görebilsey-
din ya da azıcık da olsa hissedebilseydin bunu bir kere... O
zaman her şey çok daha başka olabilirdi belki de.

Sevgilim...

Seninle her konuşmaya çalışmamda kaçan bakışların
vardı. Gerek kaçan bakışlarından, gerekse aramıza ördü-
ğün duvarlardan bakamadım gözlerinin içine. Ben senin
gözlerinin rengini bile unuttum. Unutturdun! Oysa sana
her bakışımda içim gitti benim, içim geçti, içim eridi...
Senin umarsız tavrın öldürdü sonra içimi. Önce hislerimi
kaybettim ve derken seni...

Yalnızca bir defa olsun açsaydın bana yüreğini, göre-
bilseydim o ufacık kalbinde kapladığım yeri... Belki son
bulurdu telaşım, geçerdi içimdeki kaygı. Ama sen her de-
fasında karanlıktın bana. Sana her ulaşmaya çalıştığım-
da ulaşamayacağım bir yere kaldırdın kendini. Ben seni
anlamaya, sana hak vermeye çalışmaktan sevmeye fırsat
bulamadım seni!

Çok değil sevgilim birazcık açık olsaydın bana, o kada-
rı bile yetecekti işte.

En kalın çorabın kadar da olsa şeffaf olabilseydin bana
keşke...

*Sevdiğin herhangi bir eşya kadar kıymetli olabilseydim
sende...*

Bir saat, bir yüzük ya da bir kolye... Basit bir şey ol-
saydım ama çok önemli birinden eski bir hediye kadar
kıymetli kalabilseydim kalbinde...

Ben sende hiçbir şey olmayı beceremedim.

"Hiç"tim... Hiçin yanında bir "şey"dim sadece. Ne olduğumu senin de bilmediğin ve bana asla bir mana yükleyemediğin herhangi bir şeydim işte. Olsam da olurdum, olmasam da fark etmezdi. Bir "hiç"i niçin hayatından söküp atamadığını düşünmekle geçti senli günlerim. İşte sen bana hep bunun gibi bir şeyler olduğumu hissettirdin.

Sonra tükendim...

Seninle olan iyi kötü her şeyi bir kumar masasından kazanılmış bahis gibi tükettin. Kaybetmekten korkmadın hiç beni. Çünkü biliyordun, ben sana hepyektim. Beni başından hiç sallamadan da atsan sana yine gelirdim.

En sonunda seni anlamaktan, seni anlamaya çalışmaktan, seni kaybetmeye korkmaktan vazgeçtim.

Ama bu oyun bitti sevgilim, kaybettin. Ve ben seni terk ettim...

İnsanlar asla değişmez,
bir kere giden bir daha gider...

Ben önceden böyle değildim. İnsanlara olan güvenimi sonradan yitirdim...

Eskiden olsa herkes ikinci bir şansı hak eder diye düşünürdüm. Ama bir insan senin üzüleceğini bile bile aynı hatayı iki kere yapınca inancını yitiriyorsun. İnsanların asla değişmeyeceğini kalbimi aynı yerden defalarca kıranlardan öğrendim...

Bir insan neyse odur...

Sana yaşattığı her şey yaşatacaklarının teminatıdır. Şimdi mutlu eden gelecekte de mutlu eder. Şimdi üzen, sonradan daha çok üzer. Ve aklından şunu hiçbir zaman çıkarma: "Hayatından bir kere giden yine gider..."

Bazen pişman olduğunu söyler, bazen değiştim der... Belki aradığını bulamadığından, belki de senden daha iyisini bulana kadar sana geri dönmek ister. Gönlünü almak için üzerine daha çok düşer, arar sorar, daha ilgili görünür... Ama bunların hepsi sen yeniden ona kucak açana kadardır. Hikâyenin gerisi daha önce ne yaşadıysan aynısı işte... Bir süre mutlu olursun, sonra o yine gider...

Yani insanlar değişmez, seni değiştiğine inandırır hepsi bu...

Eskiden "Güvenilecek insan yok!" diyenlere, "Sen yanlış insanları seçiyorsun" derdim.

Ama zamanla umudunu kaybediyor insan. "O yapmaz!" dediklerimiz var ya, yapmaz dediğimiz her şeyi yaptılar.

Bizim yere göğe sığdıramadıklarımız, bizi yüreğinde bir köşeye sıkıştıramadılar.

Zamanla affeder belki yüreğim,
ama yaşattıklarını ölsem unutmam...

Sen hiç sana acı veren birini sevdin mi?

Hatta bir daha görüşmemek üzere senden gittiği halde, belki bir gün arar diye bekledin mi onu? Zaman durmaz, zaman hep geçer zaten. Ama sen geçen zamana inat geçmeyen bir yarayla uyandın mı her sabah? Yarı uykulu gözlerle telefona bakmaya çalıştın mı sabahın köründe, ya da gecenin bir yarısında bölünmüş uyku teneffüslerinde?

Biz çok sevdik be...

Hiçbir şey olmamış gibi hayatımızdan giden, hayatımızı mahveden, katleden birinin bile yasını tutacak kadar çok sevdik. Onlar gününü gün ederken, bizim günümüz geceye karıştı. Çünkü bizim kalbimiz kırıktı, ne zaman alışmaya başlasak battı. Yeniden hatırladık, bir daha ağladık...

Yine de ah etmedik...

Her şeyi görene havale ettik...

Çok sevdik be...

Her fırsatta dile getirdik, sonra, "Söylemek yetmez... Hissettir..." dediler. Onu da yaptık, hissettirdik be kardeşim. Biz sevdik, onlar sevildi. Gönülleri büyüdü, burunları kalktı.

Sonra ne mi oldu kardeşim?

Bir zamanlar "Sensiz yaşayamam!" diyenler, "Seni kırmak istemiyorum..." deyip gittiler.

Felaket kırdılar bizi, çok feci incittiler...

Bir gün biraz daha hafiflerse acım belki o zaman affeder yüreğim...

Ama yaşattıklarını ölsem unutmam...

Alış diyorlar...

Gün gelir her şey geçer, hatta zamanla unutursun diyorlar.

Alışırım elbet...

Hatta geçer belki zamanla.

Ama yaşadığım hiçbir şeyi unutmayacağım asla...

Herkesin yaşattıklarını yaşama günü mutlaka gelir...

Biliyorum ki ilahi adalet bir gün mutlaka tecelli edecek bu dünyada olmasa da. Ben buna inanıyorum. Ama bazıları var, yaşattığı her şeyi burada yaşasın ve göreyim istiyorum.

Ne güzel çocuklardık oysa, ne kötü adamlar yarattılar bizden...

İşte onlar var ya...

Onlara hakkımız helal değil bizim. Biz onları affetsek de onların vicdanı affetmeyecek kendilerini.

Kimsenin hayatı mükemmel gitmez. Onlar da dibe vurdukları bir zaman hatırlayacaklardır mutlaka... Ve o zaman ilk akıllarına gelen biz olacağız. Kim bilir belki de pişman olurlar bir gün ama bunun için bile çok geç kalmış olacaklar.

Birilerinin terk etmesi, gitmesi, sevmemesi gerçekten önemli değil. Ama seviyormuş gibi yapması, kendine alıştırması, bağlaması hiç affedilir gibi değil...

Kimseye beddua ettiğimiz yok ama herkes yaşattığını bir gün yaşamalı.

Verdiği kadar mutluluğu ve bıraktığı kadar acıyı...

Meğer nasıl da alışmışım sana,
yüreğim seni nasıl da sevmiş...
Ama ne yapalım, kısmet değilmiş...

İnsan bir hayatının en güzel günlerini, bir de en kötü anlarını ömrünün sonuna kadar asla unutmaz. Unutamaz...

Bu yüzden bazılarını gülümseyerek hatırlarsın, bazılarını da nefretle...

Ben seni gülümseyerek hatırladım sevgilim. Yine de en çok senden nefret ettim...

Hayat insana ne verir belli olmaz elbette. Ama insan bir kere alıştı mı birine hiç gitmesin istiyor, üstelik bir gün biteceğini bilse bile... Yani sevgilim, gönül bir kere sevince insan bile bile giriyor ateşe.

Ben de sevgilim, ben de...

Ömrüm ömrüne eklensin istedim. Sesim senin, gözlerim senin, nefesim senin olsun isterdim...

Olmadı işte, hayırlısı diyelim...

Şimdilerde nasılsın, ne yapıyorsun bilmiyorum.

Sanma ki meraktan çıldırıyorum... Öyle olduğu zamanlar da oldu muhakkak, ancak büsbütün unuttum desem yalan olur ama alıştım. Biliyorum, ne sen gelirsin bu saatten sonra ne de gelsen bile eski sıcaklığıyla ben seni sevebilirim. Çünkü bir yerden sonra bir şeyler eksik kalıyor hep ve ne yaparsan yap bir daha tamamlanmıyor. Nasıl anlatsam bilemiyorum. Vazgeçilmiş bir bağımlılık gibi düşün, sigara gibi mesela... Ama ben dudak tiryakisi değilim bilirsin. Bu yüzden kafama değil, gönlüme vuruyorsun.

Ve sen bunu çok sık yapıyorsun...

İsyan etmemek lazım bir yerden sonra...

Ve en önemlisi daha fazla dağılmadan toparlamak gerek, hayat devam ediyor sonuçta. Ölenin ardından bile üç gün yas tutulan bu çağda terk edip giden birinin yası ne kadar tutulabilir ki daha? Ben seni daha ne kadar aklımda tutabilirim, ne kadar bekleyebilirim, seni daha ne kadar sevebilirim?

Geçer... Acım da yasım da...

Mutlaka geçer zamanla... Belki başka bir aşkla, belki yeni bir başlangıçla... Ama elbet geçer. Mühim olan geçmesi falan da değil aslında, istesem şimdiye kadar çoktan alışmıştım yokluğuna. Ama ben değil bir gün, bir an bile alışmak istemedim buna.

Sen, yokluğunu kabullenmediğim sürece aklımda olursun sevdiğim.

Bunu sakın unutma...

Meğer nasıl da alışmışım sana, yüreğim seni nasıl da sevmiş.
Ama ne yapalım, kısmet değilmiş...

Sen beni kaybetmedin ki...
Sen beni kırdın, yordun...

Sen benim ilk göz ağrım, ilk acımsın...

Ben hiçbir zaman istediğim gibi sevemedim seni. Hep bir kaybetme korkusu vardı içimde. Ne zaman sarılmak istesem, ne zaman tüm yüreğimle sana teslim olmak istesem korktum.

Gitmenden korktum...

Seni sıkmaktan, sevgimden bıkmandan korktum. Ben öyle çok sevdim ki seni, gözlerine bakarak hiç konuşamadım seninle. Gözlerinin içinde bir başkasını görmekten korktum. İnsanın içi kıpır kıpırken duygularını dizginlemek nasıl zor şeydir bilemezsin. İçinden gelen hiçbir şeyi yapamamak, sevdiğini dilediğince söyleyememek nasıl bir histir bilemezsin. Çünkü sen hiç korkmadın. Ne severken ne de giderken...

Aslında sen kaybetmekten bile hiç korkmadın. Bu yüzden beni anlamanı kesinlikle beklemiyorum. Zaten istesen de bunu yapamazsın...

Biliyor musun, ben seni kaybettiğime değil, seni içimden geldiği gibi sevemediğime üzüldüm en çok.

En çok buna kahroldum...

Sen beni kaybetmedin ki...

Sen beni üzdün, sen beni kırdın, yordun... Zaten kaybetmek için önce sahip olmak gerekmez mi? Sen bana hiç sahip çıkmadın, bir kere bile sahiplenmedin ki... Yani senin için kayıp sayılmam ben. Bir süreliğine yalnızlığına eşlik ettim işte, hepsi o... Başlarda alınganlık ediyordum bu duruma, sonra alıştırdın. Haksızlığına alıştırdın, kırık bir kalple sevmeye, şimdi de yokluğuna alıştırıyorsun...

Aslında sen, senden nefret etmeye bile değmiyorsun. Bunu sen de biliyorsun. Haksızlığının farkındasın, ama geri adım atmıyorsun.

Beni hiç sevmediğin için değil, çok sevildiğin için gidiyorsun. Gördüğün bunca sevgi, verdiğin bunca acıya eşdeğer değil.

Biliyorsun...

Seni unuttuğumda en çok sen üzüleceksin,
bunu ciğerlerinde hissedeceksin...

Ortak bir şarkımız vardı seninle: *"Nefesin nefesime..."*

Şimdi ne nefesime karışıyor nefesin ne de kulağıma geliyor sesin... Ama ben ne zaman bu şarkıyı duysam bir anda bir yerlerde, bir kere daha kesiliyor nefesim. Zaten seni bana hatırlatan her şey benim ölüm sebebim...

Keşke gitmeseydin demeyeceğim. Çünkü sen bende kalmak istediğin kadar benimdin ve yüreğinin beni istediği sürece beni sevebilirdin. Birinin hayatında olmanın en önemli kuralı nedir bilir misin sevgilim? Sevdiğin kişi yanından önce aklında olmalıdır... Yani aklında ben olmadıktan sonra yanında olmam hiçbir şey ifade etmezdi. Bu yüzden keşke gitmeseydin demeyeceğim, iyi ki bitti...

Henüz seni kaybetmiş olmaya kolay kolay alışamıyorum bu doğru. Şarkılar sevgilim... Dünyanın bütün şarkıları seni hatırlatır gibi... Sanki sabaha kadar uyumayıp seni düşünmem için yazılmış gibi her biri. İçim acıyor be!... Bazı geceler ağlaya ağlaya uyuyakalıyorum, sonra gecenin bir yarısı bölünüyor uykum. Ve içimde yine o tarifsiz sızı... Yine ağlıyorum. Beni teselli edecek hiçbir şey yok biliyor musun, ne kadar kötü bir şey bu. Ne bende kalan eşyalarına sarılmak ne de yüzünün değdiği yastığı koklamak avutuyor. Bu ev, bu oda, bu eşyalar, hepsi senden birer iz taşıyor sanki. En çok da ben sevgilim... En derin izler benim tenimde, benim ruhumda kaldı. Bu yüzden kolay olmayacak senden kurtulmak. Uzun bir süre kendime gelemeyeceğim, belki kimseyi istemeyeceğim, belki bunu hak etmediğim halde kendimi daha çok cezalandıracağım.

Ama eninde sonunda alışacağım bu duruma, senden kurtulacağım...

Hani bana *"Alışırsın, geçer elbet, üzülme unutursun"* diyordun ya hani...

Seni unuttuğumda en çok sen üzüleceksin, bir gün bunu ciğerlerinde hissedeceksin...

Güzel günlerim oldu seninle, onlar hayatımın en güzel günleriydi diyebilirim.

Bir zamanlar bana vermiş olduğun kıymeti de bilirim ve yanımda olduğun zamanlar için çok teşekkür ederim. Ama geçmişte verdiğin hiçbir güzel duygu şimdi verdiğin acıyı bastıramıyor. Çünkü bir zamanlar beni mutlu etmiş olman, beni sonradan üzme hakkını sana vermiyor...

Yani her ne kadar bazen seni affetmek istesem de geçmiyor içimdeki kırgınlık.

Affedemiyorum seni, ne yapsam olmuyor...

Bir gün olacak bazı şarkılar ağlatmayacak artık, bunu biliyorum...

Gecenin bir yarısı hüzünlendirmeyecek, vurmayacak olmadık bir anda can evimden... Kan uykudan uyanıp sarılmayacağım senden kalan eşyalara, avunmak zorunda kalmayacağım ezberlediğim kokunla. Belki de kurtulacağım bir zaman sonra her şeyden, şimdilik kıyamadığım her ne varsa hepsinden...

Gün gelecek ne nefretim kalacak sana...

Ne öfkem...

Ne de küslüğüm...

Sanki hiç sevmemişim gibi, hiç olmamışsın gibi unutacağım seni...

Unutma ki nasip bir tanedir, gerisi bahanedir...

Gün gelir şikâyetçi olduğun her şeyi özlersin. Nefret ettiğini düşündüğün şeylerin aslında sevdiğin şeyler olduğunu fark edersin.

İşte bunun adı pişmanlık...

Eğer pişman olduğun şey bir daha düzeltemeyeceğin bir şeyse bu vicdan azabına dönüşür.

Ve inan bununla asla baş edemezsin...

Yani bir hiç için hayatının insanı kaybetme.

Çünkü bir kere kaybedersen, bir daha asla sahip olamazsın.

Yol girer araya...

Zaman girer...

Sonra başka birileri...

Sonra ne kadar pişman olursan ol, bir daha asla olmaz eskisi gibi...

Unutma ki nasip bir tanedir.

Sevdiği yanındayken şükretmeyi bilmeyeni, Allah, ayrılınca "geri dönsün" diye yalvartmasını da bilir...

Gülümsemek umuttur...

Hayatta kayıpların olacak mutlaka, olsun...

Hiçbir zaman harcadığın zamanı, verdiğin emeği ziyandan sayma. Onlar senin tecrübelerindir... Kayıplarla öğrenirsin sahip olduklarının kıymetini, onlar öğretir sana insanları tanımayı... Ve yanılarak öğrenir insan doğruyu yanlıştan ayırmayı. Bunları öğrendikçe hayal kırıklığına uğrama asla, aksine daha güçlü dur. Daha sağlam bassın ayakların yere... Hiçbir zaman her şey bitmiş gibi kaybetme kendini. Her zaman bir başka yol vardır kesinlikle. Evrene nasıl bir ruh halini yansıtırsan onu alırsın, bu yüzden daima güçlü görün!

Olup biten her kötü şeye ana avrat söver gibi gülümse!

Sonra yeniden başla her şeye...

Mutlu olduğun zamanlarda bir tutam gülücük koy cebine, ihtiyacın olacak...

Hayat her zaman yolunda gitmeyecektir çünkü. En önemli tecrübelerini en ağır kayıplarla öğrenir insan. Mühim olan yaşadıklarından bir şey öğrenebilmek...

Çok seveceksin kimi zaman ama kıymetin bilinmeyecek.

Kırılmasın isteyeceksin, o paramparça edecek.

Kaybetmemek için her şeyi yapacaksın ama o gidecek...

Gitsinler...

Gönlü senin yanında olmayanın vücudu nerede olursa olsun önemi yok. Biri yanındaysa eğer, teniyle, nefesiyle, aklıyla, ruhuyla yanında olmalı. Diğer türlüsünün aldatmaktan bir farkı var mı?

Gitsinler...

Ne halleri varsa görsünler! Verdiğin sevginin kıymetini bilmeyen çektiğin acının zerresini bilemez. Bu yüzden onlar için üzülmeye değmez. Senin mutsuzluğunla gurur bile duyar onlar, "Hâlâ beni seviyor, hâlâ bekliyor, hâlâ özlüyor..." diye düşünürler. Onların kaçarak yarım bıraktığı savaşı sen gülümseyerek kazan.

Asla yenilme!

Terk edip gidenlerin ardından dövünür gibi değil, yalnızlığınla övünür gibi gülümse...

En içinden çıkılmaz durumlarda, ne yapacağını bilmediğin zamanlarda gülümse!

"Ben kaybetmedim, ben düşmedim, hâlâ güçlüyüm ve hâlâ varım!" der gibi gülümse...

Çünkü gülümsemek umuttur, anlık da olsa tüm kederini unutturur...

Yalnızlığımdan sev beni...

Bütün acılarımızın dineceği günler gelecek...

Kötü hatıralar, dilimize pelesenk olmuş yalanlar, üzerimize yapışan yaftalar... Bir gün hepsinden kurtulacağız sevgilim. Yalnızca biraz daha sabır...

Beni terk ettiğini, hatta bir zamanlar beni tanıdığını ve hatta beni sevdiğini unutacağın günler gelecek. Başka bir kaderde yeniden kesiştiğinde yollarımız, ben seni çoktan affetmiş olacağım. Harika bir sabaha gözlerimi açtığımda gördüğüm ilk şey sen olacaksın.

Buna inanıyorum sevgilim, buna bütün kalbimle inanıyorum...

Her şey düzelecek güven bana...

Sokakta hiç tanımadığımız bir çocuğun saçını şefkatle okşayarak ekeceğiz ilk tohumlarımızı. Sıcacık bir merhabaya bakar her şey. Bir insanı beklentisiz ve nedensiz sevmekten daha değerli bir ekonomi yok bu dünyada...

Faizler, borsalar, enflasyon... Hiçbirinin çöküşü merhameti iflas etmiş bir vicdan kadar tahrip edici olamaz. Kaybedilen her şey telafi edilebilir zamanla. Ama yitirilmiş bir inancın telafisi yoktur. Sen inanmaktan asla vazgeçme...

Kirlenmiş ve körelmiş kalbimize format attığında yaratıcı, sevgiden daha güçlü bir silah olmadığını anlayacak insanlık. İhtiyacımız olan tek şey sevgi... Birazcık sevgi halledecek her şeyi. Kalp kapakçıklarımızı birazcık açıp yüreğimizi havalandırmamız gerekiyordur belki de. Biraz gün ışığı, biraz umut lazım bize... İşte o zaman kitleler halinde güvenmeye başlayacağız birbirimize. Mavi bizim olacak bir gün, bütün gökyüzü bizim... Kuşlarla omuz omuza uçacağız yürek dolusu sevincimizle. Ama benim kanatlarım kırık... Çünkü umudumu kesmeye kanatlarımdan başladım ben. O güzel günler geldiğinde düşmeme izin verme lütfen, beni tut...

Kırılmışlığımdan sar beni...

Hepsi bir gün geçecek biliyorum...

Gözlerimizden vahiy gibi inen sağanak bir yağmurla arınacağız kızıllığımızdan, gururumuzdan, kibrimizden, nefretimizden... İşte o gün özgür kalacak içimizdeki çocuk yeniden. Kim bilir, belki o zaman en baştan sevebiliriz birbirimizi. Bir dokunuşla bile geçecek olan acılarımıza sarılırız, belki de o zaman iyileşir saç uçlarımızdan başlayan kırgınlığımız...

Sevgilim...

Hepsi geçecek güven bana, o güzel günler yakın. Ama ben yorgunum... Çok uzun acılar yaşadı hüzünlü gönlüm, büyük hayal kırıklıklarına uğradım. Yeniden tanıştığımız ve en baştan birbirimize alışmaya başladığımız o güzel günler gelince beni anlamaya çalış... Sensiz geçen her günü ayrı bir asır, her asrı ayrı bir yasla geçen günleri senin bir tebessümün unutturacak.

O güzel günler geldiğinde ışıl ışıl bakan gözlerinle bana gülümse.

Ve yalnızlığımdan sev beni...

Her zaman sevmediği için vazgeçmez insan.
Bazen yorulur
bazen de kırılırsın...
Bazı gidişlerdeyse
yüreğini geride bırakır öyle gidersin...
Bazen sevmediğinden değil,
mecbur bırakıldığın için vazgeçersin...

Yalnız olduğunu hiçbir zaman düşünme,
biri hep seninle...

Küçükken anneme "Allah nerede?" diye sordum.

Gülümsediğini hatırlıyorum o an annemin. Usulca yanıma yaklaştı, avuç içlerini başımda hissettim, saçlarımı okşadı.

Dedi ki:

"Allah adını andığın her yerdedir..."

Annemin söylediği şeyin ne anlama geldiğini anlamasam da o cümleyi asla unutmadım ve O'nun adını andığım yerde olduğunu biliyordum. Büyüdükçe ne manaya geldiğini anlamaya başladım o cümlenin.

"Allah, adını andığın her yerdedir..."

Yani O, senin O'nu hatırladığın, adını zikrettiğin, şükrettiğin, dua ettiğin, af dilediğin, O'nu hatırladığın her yerde... Bazen hiç tanımadığın birine ettiğin yardım karşılığı sana edilmiş bir minnet teşekküründe... Bazen diğer canlılar için bir köşe başına koyduğun su kabında... Bazen öpüp yüksek bir yere bıraktığın yerdeki bir ekmek parçasında... O yalnızca dilde değil, yapılmış tüm iyiliklerdedir.

O, hiç kimsenin tahmin bile edemeyeceği, düşünemeyeceği, bilemeyeceği her yerde...

Senin fikrinde...

Senin niyetinde...

Senin vicdanında...

Senin kalbinin en derin yerinde, hiçbir güçlü duygunun erişemeyeceği kadar en derin zerrendedir...

Yani yaptığın iyi kötü her şeyde, ağladığında, ağlattığında, tüm başarılarında ya da hayal kırıklıklarında seninle olan biri var.

Asla yalnız olduğunu düşünme.

Ömrün boyunca seni asla yalnız bırakmayacak biri hep yanında...

Bazen oluruna bırakmak en iyisi...

Bir gün beni özlersin...

Ama gerçekten özlersin. Kalbinin içinde bir şeylerin acıdığını, o şeyin kanayan vicdanın olduğunu hissederek özlersin... Belki susarsın, belki gizlersin ama mutlaka beni bir gün özlersin...

Çünkü seni sevmeye kirpiklerinden başlayan tek adam benim...

Ben seni beklerdim...

Ben seni bu hayatta kavuşacağım en son şey olacağını bilsem bile beklerdim. Ama benim umudum yok ki artık... İnancım kalmadı...

Çünkü gelecek olsan bu kadar kırmazdın, yıpratmazdın. Dönecek olsan hâlâ içinde biraz sevgi kalmış demektir. İnsan bu kadar üzer mi sevdiğini?

Sen en son ne zaman sevdin ki beni?

İster gel, ister öl, istersen ne ara ne de sor...

Ben artık oluruna bıraktım...

Kimsenin sevgimizi kullanmasına
izin vermeyelim kalbim...

Bugünü milat say kalbim. Biz bugün terk edildik...

Her geçen gün bir çentik at kan kaybettiğimiz yere. Unutmayalım bugünü, ne zaman affedecek gibi olsak hatırlayalım. Mutlaka hatırlayalım kalbim, asla affetmeyelim! Çünkü bir kere giden bir daha gider. Bir kere affedersek bir daha toparlamamız mümkün değil...

Bizim zayıf noktamız sevgimiz. Bunu biliyorlar kalbim, kullandırmayalım sevgimizi. Kimsenin kirletmesine izin vermeyelim...

Bizi en çok kimler hayal kırıklığına uğrattı biliyor musun kalbim?

Sevdiklerimiz... En çok da onların yaptıkları battı, onların yaptıklarını yediremedik kendimize. Sevmeye bile kıyamadıklarımız var ya hani, "O asla yapmaz!" deyip kefil olduklarımız... İşte onlar yapmaz dediğimiz her şeyi yaptıkları için böyle içinden çıkılmaz bir hale geldi duygularımız. Hep onlar yüzünden darmadağınığız... Biz hiç tereddüt bile etmeden onlara emanet etmiştik kendimizi.

Çünkü onlar milyonlarca insanın içinden güvenmeyi seçtiklerimizdi, en çok inandıklarımız, en çok sevdiklerimizdi.

Ve yine en iyi onlar öğretti, hiç kimseye sonsuz güvenilmeyeceğini...

Sağ olsunlar...

Sevgisinden büyük olur acısı
yürekten sevenlerin...

Bazıları yalnızca bedenlerini götürür giderken...

Hayallerini bırakırlar, anılarını... Ve bir daha toparlaması mümkün olmayan bir enkaz bırakırlar geriye...

Bazen "Sen daha iyisine layıksın" derler.

Bazen "Ben sana göre değilim" derler.

Bazen de "Her şey senin mutluluğun için" derler...

Derler ve giderler...

Bizi en çok mutluluğumuzu istediğini söyleyenler incitirler...

Ayrılık da elbette aşka dahil.

Ama zamansız ayrılıklar yok mu, hani şu her şey yolundayken, üstelik tek bir neden bile yokken bir hiç gibi yüzüstü bırakıldığımız ayrılıklar... Dokunuyor insana.

Saçma bir kısa mesajla bitmesi var bir de... Birlikte geçmiş onca güzel zamanı tek bir kısa mesaja sığdıran ayrılıklar var...

En çok da bu koyuyor işte...

Bir şeyler anlatmaya çalışıyorsun, yazmaya çalışıyorsun, ses tonun yok, bakışın, telaşın... Hiçbirini gösteremiyorsun, ifade edemiyorsun. Tarifsiz bir şekilde canın acıyor ama bunu hissettiremiyorsun...

Oysa bir kere sarılsan düzelecek gibidir, böyle olunca yapamıyorsun işte...

Ben de yapamadım, üzgünüm...

Siz hiç sonsuza dek kaybettiğinizi bildiğiniz birinin saç telini, hatta bir tek kirpiğini bile sakladınız mı?

Bir gün dönerse mahcup olmamak için değil, hâlâ kıyamadığınız için yaptınız mı bunu? O saç telini koklayıp ağladınız mı gecelerce, ağlarken uyumaya çalıştınız mı hiç?

Ben yaptım... Yapıyorum... Mecburum...

Sevdiğin kadar sevilirsin diye bir şey yok bu hayatta. Ne kadar seversen o kadar acı çekiyorsun sonunda.

Mesele çok ya da az sevmek de değil aslında.

Mesele hak edeni sevmek, herkesi hak ettiğince sevmek...

Belki de hiç iyi değilimdir,
lütfen beni biraz merak et...

Belki okursun diye yazıyorum...

Belki şu an sen de uyumuyorsundur, belki de birazdan aklına gelirim, özlersin... Evet... Belki özlersin...

Acımı kiminle avutmaya çalışıyorsan belki unutturamaz beni sana...

Öptüğüm gelir aklına. Koklayarak öptüğüm, sımsıkı sarılıp sen uyuyana kadar seni seyrettiğim gelir...

Uyuduğumda sarılmayı bırakan kollarımı kendi boynuna sarışın gelir... Gelsin de zaten... Çünkü ben hiç kimseye yüreğimle sarılmadım böyle. Kimsenin acısını derinimde hissetmedim.

Ben hiç kimseyi senin kadar özlemedim.

Özlemekten ölmedim...

Ve bir zamanlar sen de beni çok sevdin, buna eminim...

Belki kötü bir rüyada beni görürsün...

Nasıl olduğumu merak edersin, aramak istersin... Sakın vazgeçme!

Çünkü ben iyi değilim, inan hiç iyi değilim...

Bazı rüyalar uyanana kadar güzeldir,
sonrası kâbus olur...

Onca zaman sonra dün gece rüyamda gördüm onu...

Öyle güzeldi ki anlatamam... Sanki hiç gitmemiş gibiydi. Yanaklarımı iki avucunun arasına alıp burnumdan öptü. Kirpiklerimi sevdi. Kokusu, sıcaklığı, gülüşü aynıydı...

Nasıl özlemişim...

Öyle gerçek gibiydi ki sabah uyandığımda yanımda sandım. Gözlerini açmaya korkar mı bir insan? Ben korktum. İlk kez bu sabah uyanmaktan nefret ettim... Öyle bir matem kapladı ki bir anda içimi, inan ki tarifi yok. Oyuncağı elinden alınmış bir çocuk gibi kendimi kandırılmış hissettim. Bir daha kırıldım, bir daha üzüldüm... Onun yokluğuna alıştığımı sandığım her gün için bir daha kahroldum...

Dün gece uzun zamandan sonra onu ilk kez rüyamda gördüm...

Uyanana kadar rüyaymış meğer. Oysa uyandıktan sonra tüm günümü mahvedecek bir kâbusmuş gördüğüm.

Önceden sokakta karşılaşmaktan korkuyordum.

Ama artık rüyamda bile görmek istemiyorum...

Gün gelir canımlar, aşkımlar, hayatımlar, bebeğimler biter
ve geriye bir tek adın kalır.

Herkes gibi bakar sana, herkes gibi çağırır.

O sana adını söyledikçe için acır.

Sesini duyarken özlersin onu...

Deli gibi severken kuru bir "canım" deyişine hasret kalırsın.

Bir gün gelir seviyorumlar biter geriye yalnızca adın kalır.

Adın batar, kendi adından bile nefret edersin o an.

Canını yakar, acıtır...

Sevgilim dediğin birinin sana adınla hitap etmesi,
gitme vaktinin yaklaştığını hatırlatır.

Çünkü artık sana söylenecek başka bir şey kalmamıştır...

Seni affedebilecek en ufak bir sebep bile
bırakmadığın için kendini asla bağışlama...

Yüzüme bak!

Bu yüze iyi bak ve ezberle her bir kıvrımını. Bir zaman-
lar el yordamıyla bile zifiri karanlıkta tanıdığın bu yüze
iyi bak! Aynanın karşısına her geçtiğinde... Düzeltmek
için saçını ya da silmek için gün boyu yüzünde taşıdığın
yorgun makyajını... Yani kendi yüzünü her gördüğünde
benim yüzüme bak!

Utanma... Usta sanatçılar gibi davran, övün eserinle...
Mutlu bir yüzden nasıl umutsuz ve karanlık bir yüz ya-
rattığını düşün. Gurur duy kendinle ve başını eğme. Ne
zaman bana karşı içinde ufacık da olsa bir pişmanlık his-
sedersen, sana karşı kaybedişlerimi hatırla. İşte o zaman
bir daha kutla kendini, bütün zaferlerine kadeh kaldır.
Bilirsin, biraz sarhoşluk iyi gelir vicdan azabına...

Olur da bir gün karşılaşırsak hiç hesapta yokken bir
yerlerde ve yüzüm beklenmedik bir anda gülümserse saç-

ma sapan bir şekilde, yaşıyorum sanma sakın. Mutluluğuma değil, şaşkınlığıma ver lütfen.

Ben bu yüzü defalarca astım senin yüzünden!

Ağlama...

Sen de iyi biliyorsun ki en günahkâr cesetler bile tüm sükûnetini korurken musallada, arkasında ağlayacak birilerini bırakır mutlaka. Senin arkanda da ben kaldım. Zaten sen henüz ölmemişken içimde, arkanda yine ben vardım bunu biliyorsun... Yine de seni tüm şefkatimle, tüm sevgimle, tüm samimiyetimle, hatta seni, sana olan kırgınlığıma rağmen kendi ellerimle gömdüm yüreğime. Bilmelisin ki hiçbir ölü yadırgamaz yattığı yeri, sen de yadırgama.

Senin için yaptığım tüm fedakârlıklarım için beni bağışla.
Çünkü ben asla affetmeyeceğim kendimi...

Her şeyi unut, beni unutma...

Gün gelir başka biri girer hayatına, doldurur belki boşluğumu... Belki de beni sevdiğinden daha çok seversin onu. İçinden geldiğince, dolu dolu...

Ama mutlaka hatırla beni...

Bir filmde buluşalım mutlaka, ya da daha önce kulağıma söylediğin bir şarkıda... Ama geleyim aklına ayda yılda bir de olsa.

Omzundan öpüp uyuduğumu düşün bazen, ya da hiç beklemediğin biri seni kırdığında beni hatırla.

"O olsa yapmazdı!" de.

Hiçbir zaman üzülme. Ama olur da birileri senden giderse, üzülürsen bir gün beni üzdüğün gibi, o zaman düşün beni biraz.

"O olsa gitmezdi!" de...

Bir gün biri "Seni benim kadar kimse sevemez" derse sana, sakın inanma.

Her şey yolundayken birini sevmek kolay, ben senden sonsuza dek ayrılmışken bile seviyorum hâlâ.

Bunu da unutma...

Hep hatırla...

Beni unutma...

Biliyorum her giden unutmak ister geride bıraktığı her şeyi. Sen her şeyi unut beni unutma...

Her an düşün demiyorum ama ara sıra hatırla. Sarılmamı mesela, omzundan öpüp uyuduğumu ya da... Bir şeyler getirsin beni aklına.

Beni yüzüstü bırakıp gittiğin gün "Sana ihtiyacım var!" dediğimde hiç aldırmayışını ben hiç unutmuyorum mesela.

Sen de hatırla!

İçin yana yana...

Vicdanın diyorum, rahat mı?

Seni sevdiğim için ilk kez bu gece nefret ettim kendimden...

Çünkü en çok bu gece arayacağına inandım. En çok bu gece beni özlediğini düşündüm... Aslında en çok bu gece sana ihtiyacım olduğunu hissettim.

Sen yoksun...

Ne diye tuttuk birbirimizin elini? Ne diye buluştuk, sarıldık, öpüştük? Ne diye aynı yatağı bölüşüp uykumuzu bölüp seviştik? Madem gitmek için zaman kolluyordun, ayrılmak için ne diye onca yılı bekledik? Tahammülsüz acılar duyabilmek için mi alıştık?

Yoksa biz başlamakla kaybettiğimiz bir zafer için mi savaştık?

Seni hâlâ seviyorum...

Söylemek isteyip söyleyemediğim ama okuyacağını adım gibi bildiğim için bunları yazıyorum...

Her ne olursan ol, her kim olursan ol seni seviyorum... En kötüsü de ne yaparsam yapayım buna engel olamıyorum. Ama seni görmemek için, sana ulaşmamak, sana bir daha dokunmamak için ne gerekirse yapacağımdan emin olabilirsin.

Ben senin hayatından seni seve seve gideceğim. Beni mutlu ettiğin, beni mutlu etmek istediğin, beni sevdiğin günlerin hatırına sana ah etmeyeceğim...

Hatta tebrik ederim, ne de güzel öldürdün senin için yaşayan bir adamı...

Vicdanın diyorum...
Rahat mı?

Eğer geleceksen yokluğuna alışmamışken gel...

Gücüme gidiyor be...

İlk kez birine güvenmişken, tutunmuşken ona, yarı yolda kalmak gücüme gidiyor...

Senden sonra sevemezsem bir daha birini, güvenemezsem yeniden ve olur da yarım kalırsa başladığım her yeni ilişki, günahı boynunadır, bilesin...

Ben seni kaybetmemek için elimden ne geldiyse yaptım...

Kırılmak, incinmek, küçük düşmek umurumda bile olmadı... Kaç gece ağlayarak uyandım, kaç gece sen uyurken sana mesajlar yazdım uyanınca gör diye... Gülümse diye... Kaç gece ne yaptığını merak edip seni düşünürken sabahladım... Biliyor musun bunları, hiç yerimde olmak istemediğin oldu mu?

Sahi kaç kere umurunda oldum senin? Gerçekten önemsedin mi beni, görüşmediğimiz herhangi bir gün özledin mi hiç?

Ben böyle değildim...

Bu denli acı verdikten sonra geçmişte beni sevmiş olmanın ne kıymeti kaldı Allah aşkına? Nasıl elveriyor için, nasıl dayanıyor vicdanın anlamıyorum. Bir zamanlar koynunda mutlu uyuduğun birini nasıl yok sayabiliyorsun? Nasıl kıyabiliyorsun?

Ben bu kadar karamsar, mutsuz, bu kadar umutsuz olmadım hayatımda. Beni kimse böyle incitmedi, bu kadar üzülmedim ömrümde...

Sen bana ne yaptın?

Eğer gittiğine pişman olacaksan şimdi ol...

Henüz unutamamışken, hâlâ özlüyorken, başkasına ait olmamışken gel.

Çünkü bazen pişman olmak için bile çok geç kalır insan...

Üzdüğün için de hatırlanmalısın...

Ben seni nereden unutmaya başlayacağımı bilemiyorum.

O kadar çok sevmişim ki meğer... Seni sevmelere doyamadığım hiçbir şeyi silmeye kıyamıyorum...

Yine de her geçen gün azalıyorsun bende... Ve ben buna bir türlü engel olamıyorum. Sanırım "alışmak" böyle bir şey... Bazı zamanlar yokluğunu fark etmiyorum bile, bazen de deli gibi özlüyorum, sonra geçiyor bir şekilde.

Ve şu an seni özlediğim saatlerden birindeyim, ne zaman geçer bilmiyorum. Tek bildiğim şey şu an sana gerçekten ihtiyacım var.

Sesine...

Kokuna...

Sarılman için koluna...

Özleniyor işte...

Böyle zamanlarda ne yaşadığının hiçbir önemi olmuyor. Yalnızca görmek istiyorsun. Belki de görünce kat kat

daha fazla acıyacak canın, daha çok üzüleceksin, yıkıla-
caksın... Bunu da biliyorsun. Yine de insan istiyor işte.
Hâlâ seviyorsan gönlüne söz geçiremiyorsun...

En derin yaralar geçer...

Acılar diner...

En büyük kırgınlıklar unutulur...

Ama senin ne yaran geçer, ne acın diner, ne de kırmış-
lığın unutulur...

Sen yalnızca bir zamanlar çok sevildin diye değil, üz-
düğün için de hatırlanmalısın...

Ben onu sonsuza kadar da beklerdim, geleceğim dediğinde yalan söylediğini bilmeseydim...

Birini çok sevdim, o da sevmişti. Belki de sevdi sandım, her neyse...

Sonra bir şey oldu, aramız açıldı. Bana biraz zaman ver dedi, ben de bekledim.

Geçer dedim, düzelir dedim, sabrettim.

O hiç düzelmedi.

Sonra bir gün aklıma geldi, biraz özler gibi oldum.

O kadar çok beklemişim ki beklerken alışmışım yokluğuna. O zaman içinde o kadar çok şey kaybetmişim ki meğer, mutluluk nasıl bir şeydi onu bile unutmuşum yemin ederim.

Yani demem o ki biri senden zaman istiyorsa sakın bekleme, hayatını yoluna koymaya bak.

Çünkü o çoktan kendi yoluna koyulmuş demektir...

Siz hiç yürekten sevdiniz mi birini?

Siz hiç kalbinizin en güzel yeriyle sevdiniz mi?

Ben sevdim...

Hem de öyle böyle bir sevmek değil bu. Saç diplerinden tırnak uçlarına kadar âşık oldum bir kadına...

Ya siz böylesine sevdiğiniz biriyle uyudunuz mu hiç?

Ben uyudum...

Yani yarı uyanık uyudum. O uyudu, ben uyudum uyandım onu izledim. Saçlarını sevdim, sonra kirpiklerini sevdim parmak uçlarımla. İlk kez bir insanın bir pazar günü yaratılmış olma ihtimalini düşündüm, yoksa bu kadar güzel olamazdı bir kadın...

Uyandırıp onu sevdiğimi bir daha söylemek istedim, öyle güzel uyuyordu ki kıyamadım...

Böylesine sevdiğiniz birinden ayrılmak zorunda kaldınız mı siz?

Ben kaldım...

Küçüklüğümden beri ilk defa ondan ayrıldığım ilk gece ağladım. Onunla safmışım, onunla temiz... Onunla hep çocuk kaldığımı ayrıldığımız o ilk gece anladım.

İçim acıdı, içim kanadı, canım çok yandı...

Nasıl acımasın, "o benim hayatımdı".

O yalnızca gittiğini sandı ama hayatımı kaybettiğimi anlamadı.

Kendimden bile saklamak için gözyaşlarımı duşa girip sessiz sedasız ağladım.

İşte o ilk gece ilk defa ölmek istedim ben. Bileklerimi usulca yatırdım bir zamanlar şefkatle başını koyduğu dizlerime.

Kıyamadım...

Canıma kıyamadığımdan değil, onu bir daha görememe korkusundan bağışladım bileklerimi. O beni her ne kadar öldü kabul etse de onun için yaşadığımı bilmedi hiçbir zaman. Sonra geçtim aynanın karşısına ve sekiz yıllık sakalımı kestim.

Çünkü o en çok kirli sakallı halimi severdi.

Ve bir daha onun ellerinin dokunmayacağı bu sakal artık çok gereksizdi...

Allah gönül rahatlığı versin...

Bazı şeyler sonsuza dek sürmüyor ne yazık ki. Bu da öyle oldu... Hiç bitmesin isterdim ama bitti işte.

Şimdi yaşadığım mutluluklardan daha büyük bir boşluk kaldı içimde. Çoğu zaman aklıma geliyor, çok da özlüyorum. Ama bir kere bitince bir daha eskisi gibi olmaz biliyorum. Bazen arayıp sesini duymayı öyle çok istiyorum ki... Ama yapmıyorum bunu. Büyük sevgilerden sonra ya büyük kavgalar ya da büyük suskunluklar olur. Ben büyük susmayı seçtim.

Belki de hayırlısı böyleydi ve böyle olması daha iyiydi.

Ne yapalım kısmet değilmiş...

Siz hiç içinizden ağladığınız mı?

Hani ağlarsan rahatlarsın derler ya, içinize ağlayınca öyle olmuyor işte... Boğazına bir şeyler düğümleniyor, yutkunamıyorsun. Bir şeyler anlatmak istiyorsun, ama konuşamıyorsun. Eğer konuşmaya başlarsan sesin titreyecek, hıçkıra hıçkıra gözlerin de ağlayacak biliyorsun...

Zor be kardeşim…

Yaşaması ayrı zor, anlatması bir başka zor… Diyor ya hani Neşet Usta, "Uyku girmez gözüne, gönlü viran olanın." Yemin ederim girmiyor…

Aklın dolu, yüreğin taşıyor. Anlatsan eksik kalıyor, sussan olmuyor. Seviyorsun, özlüyorsun, söylemek istiyorsun ama yapamıyorsun. Çünkü bunu yapmak için hiçbir neden, hiçbir bağ kalmadığını görüyorsun…

Dualar kardeşim, dualar…

Her zaman olduğu gibi uykuyla aranda dualar kadar mesafe var. Sığınacak başka kimsemiz kalmadı…

Bir zamanlar onsuz bir dakika geçmesin diye dua ederken, daha sonra aynı kişiyi unutmak için her gece dua ediyorsun…

Uyumuyorsak bir nedeni var.

Ne diyelim, Allah gönül rahatlığı versin…

Altını çizdiğin insanların üzerini çizmek zor olur...

Kim olursan ol, ne olursan ol mutlaka hayatına birileri girecek...

Gün gelecek unutamam dediğin her şeyden sıyrılacaksın. Bir daha sevemem dediğin zamanları hiç hatırlamayacaksın bile. Hayat, hiç beklemediğin anda bütün yaralarını saracak birini verecek sana. Şimdiye kadar hayatına hiç kimsenin girmemesi bundan sonra da kimse olmayacak anlamına gelmiyor. Mutlaka birileri olacak...

Ya ilk kez sevmiş olacaksın birini ya da ikinci baharını yaşayacaksın...

Önemli olan hayatında birinin olması değil...

Asıl mesele hayatında seni yarım bırakmayacak birinin olması. Yanında olmadığın zamanlarda bile gözün arkada kalmayacak mesela. Çünkü güven olmazsa sevgi de olmaz. Sevsen bile yürümez o ilişki...

Hem çok sevmek marifet değil zaten. Asıl marifet hak eden insanı hakkınca sevebilmek. Yanlış kişiye sonsuz sevgi beslersen sonrasında çektiğin acının da bir sonu olmaz. Çünkü hak etmeyen insanlar senin acını asla umursamaz. Bu yüzden her geçen gün biraz daha sevdiğin insana dikkat et. Hayalleri yakışsın sana, düşünceleri, kişiliği yakışsın... Çünkü sevgide yakınlık tenle değil kalple olur. İki kalpten biri dokunamazsa diğerine o aşk ayrılık doğurur... Ve yalnızca seven üzülür, bunu asla aklından çıkarma...

Altını çizdiğin insanların üzerini çizmek zor olur...

Bu yüzden hayatına aldığın kişiye dikkat et... Seni anlayan, seni bilen, seni izlerken gözlerinin içi gülen insanları sev. Birini sevmek kolay şey... Gerçekten sevdiğin kişiden vazgeçmek zorunda kalmak ve buna alışmak o kadar da kolay olmaz.

Çünkü alışmak ömürden yer ve asla doymaz...

Seni seviyorum diyen değil

tek kelime bile etmeden sevdiğini hissettiren biri olmalı
hayatında.

Çünkü söylemek dilin

hissettirmek kalbin işidir...

Geç kalınmış pişmanlıkların
hiçbir işe yaramadığını sen de öğreneceksin...

Ben seni kaybetmedim ki, senden vazgeçtim...

· Çünkü beni anlamanı bekleyecek sabrım kalmadı. Zaten senin beni anlamaya da hiç niyetin olmadı. İstesen yapabilirdin bunu, seni nasıl sevdiğimi, kaybetmek istemediğimi anlayabilirdin.

Bakışlarımdan, sarılmamdan, dokunuşumdan...

Kalmayı isteseydin eğer, sevmeye devam etseydin, bunu gerçekten isteseydi yüreğin mutlaka bir bahane bulurdun kalmaya. Gitmezdin...

Ama sen de biliyorsun, *sevmiyorsun...*

Bunu bana söylemek yerine türlü bahanelere sığınmayı seçiyorsun.

"Seviyorum ama..." diye başlayan cümlelerin var senin. Farkında mısın bilmiyorum ama gidişinde bile bir umut bırakıyorsun. Ne adam gibi gitmeyi becerebiliyorsun ne de doğru dürüst seviyorsun...

Sen benim yüreğimi, günahımı, ahımı alıyorsun...

Ama bir gün sevildiğin bu günleri çok özleyeceksin. Zamanla nelerin farkına varmıyor ki insan? Geç kalınmış pişmanlıkların hiçbir işe yaramadığını sen de öğreneceksin.

Çünkü sen böyle sevilmeyi hiç hak etmiyorsun.

Biliyorsun...

Beni özleyeceksen adam gibi özle!
Mesela gün ortası özle beni, işin başından aşkınken özle…
Hatta şu an özle…
Gecenin bir yarısı yazacak kimsen kalmadığında özleme beni!
Sabah yine unutacaksan arama, sorma…
Özlemenin de bir adabı var sonuçta.

Ueda konuşması bile olmadan
biten sevdalar tanıdım...

Bazıları var, kırgın bıraktılar...

Sarılmaya en çok ihtiyacımız olduğu zaman sırtlarını döndüler. Onlar verdiğimiz değerin milyonda birini bile hak etmediler.

Yine de en vazgeçilmez onlar oldu, en çok onlar sevildiler...

Bazen öyle güzel şeyler yaşatır ki biri sana, bunun sonsuza dek süreceğini zannedersin. Her gece mutlaka uyumadan önce duyduğun son şey onun sesi olur ve o gecenin sabahına onun günaydınıyla uyanırsın...

Tek başına geldiğin dünyada sahip olduğun tek kullanımlık hayatı iki kişilik yaşarsın. Çünkü senin hayatın o olur, onunla anlamlanır, değerlenir. Her şey yolundayken, bir neden bile yokken biter her şey. Ne olduğunu bile anlamazsın, sudan çıkmış balığa dönersin. Sen kendine gelene kadar biten bitmiş, giden çoktan gitmiştir.

Sonra bir bakarsın kendi yarattığın dünyada yapayalnız kalmışsın.

Ve anlarsın ki vedalaşmayı bile çok gören biri için harcamışsındır onca güzel zamanını...

Veda konuşması bile olmadan biten sevdalar tanıdım.

En çok "Seni seviyorum..." diyenler, "Bitti!" bile demeden gittiler...

Yalnız bırakmayacak insanları sev...

Yalnız olmakla yalnız kalmak aynı şeyler değildir efendim...

Yalnız olmak kendi seçimidir insanın. Bir sürü tadını bilmediğin duygu vardır içinde. Yaşamadığın, hissetmediğin, görmediğin şeyler acıtmaz...

Ama yalnız kalmak öyle midir?

Yani yalnız değilken yapayalnız kalmak... Yani birine alışmışken, sevmişken, sevginin, mutluluğun tadına varmışken yüzüstü bırakılmaktır yalnız kalmak...

İşte bu çok acıtır...

Demem o ki efendim:

Yalnız olmaktan değil, yalnız kalmaktan kork. Ve seni kendine alıştırıp, sevdirip, bağlayıp yüzüstü bırakacak insanlara verme kalbini...

Seni hiçbir zaman yalnız bırakmayacak birini sev ve ondan asla vazgeçme...

Ben seni Elif seçtim, sana Vav olmaya geldim...

Milyarlarca insanın yaşadığı bu dünyada birbirini tanımayan iki insanın iki şekilde karşılaşması mümkündür sevgilim:

Tesadüf...

Tevafuk...

Hayatımın en berbat, hayatımın en içinden çıkılmaz, hayatımda birine en çok ihtiyacım olduğu bir zamanda karşıma çıkman tesadüf olamaz. Sen benim bütün samimiyetimin, bütün iyi niyetimin, bütün iyi dualarımın karşılığı olarak gönderildin bana. Önce Allah istedi seni tanımamı, sonra karşılaşmamız için bütün doğa işbirliği yaptı. Ve sonra sen çıktın karşıma...

Anlatabilseydim keşke seni...

Birkaç sözcüğe sığdırabilseydim içimde kapladığın yeri... Bir şiirle, bir şarkıyla, bir filizin topraktan çıkma anıyla ya da kozasını yırtan bir kelebeğin dünyaya merhaba dediği o saniyelik muhteşem anla mukayese edebilseydim seni...

Senin kadar güzel değil, sana yakın mertebede güzel bir şey bilseydim eğer anlatmak daha kolay olurdu belki seni. Ama bu hayatta senden daha güzel bir şey yok ki...

Sana türküler besteliyorum içimde. Bir ömrü gurbette tüketmiş bir sürgünün burnunda tüten mis kokulu memleket türküleri... Anaç yüreğimin adını her duyuşunda değişen ritmine kulak ver. Amma bir düğünde oyun havası oluyorsun, amma dizlerini döven bir ananın dilinde ağıt... Her ne oluyorsan dünyanın bütün dillerinde aynı anlama geliyorsun: *"Aşk..."*

Sen bir kışlanın soğuk koğuşunda uyku tutmamış bir askerin elinde kâğıt oluyorsun. Yazılıyorsun, çiziliyorsun... Sonra baba ocağında asker yolu gözleyen bir gelinin koynunda mektup oluyorsun. Hasret tütüyorsun, vuslat kokuyorsun...

Bu hayatta olabilecek her güzel şey oluyorsun. Can oluyorsun, nefes oluyorsun...

Sevgilim...

Eğer bir gün neyim olduğun sorusu düşerse içine, bilmeni isterim ki *"sen benim özgürlüğümsün"...*

Senin varlığınla kanatlanan hür bir kuşsa kalbim, sen benim yüreğimin gökyüzüsün...

Ben seni Elif seçtim...

Çünkü ben tesadüflere inanmam ve seni rasgele tanımış olmam muhtemel bile değil. Sevmem için Yaradan'ın bana verdiği muazzam bir armağansın sen. Ve bana O'ndan geldin...

Bense Vav'ım, biraz doğrulsam sana benzeyeceğim.

Ben seninle doğdum sevgilim... Bütün kasvetimden, bütün hüznümden, bütün yaralarımdan sıyrılıp kendi içime döndüğüm ansın. Uykusuz geçen her gecenin sabahını görmek için açtığım ellerime bırakılan mükâfatsın. Senden öncesi yok, senden sonrası ebediyet...

Seni bana verene şükürler olsun...

Ben seni sevdim, seni çok sevdim...

Sen ki yüreğime, ruhuma, özüme hoş gelensin. Sen ki kanayan yaramın kabuğu, acımın ilacı, Rabb'e gönderilmiş dualarımın karşılığısın.

Ben seni Elif seçtim, şifalı ellerinin şefkatine emanettir yüreğim.

Sana Vav olmaya geldim...

Hani bazen bir şarkı dolanır ya diline
sabahtan akşama kadar aralıksız söylersin.
Bazen söylediğini bile fark etmezsin
ama o şarkının sözleri gün boyu dudaklarındadır.
İşte ben de öyle seviyorum seni.
Tüm gün, hiç durmadan... Hatta uykumda bile, delice...

En çok ne acıtıyor biliyor musun?

Çok sevdiğin birini kaybetmek ya da ondan ayrı yaşamak zorunda kalmak gerçekten acı...

Her ne kadar uzakta olsan da başka bir hayatta nefes alsan da düşünüyorsun... Ne yaptığını, nasıl olduğunu, nasıl uyuduğunu... Çoğu zaman konuşmak istiyorsun ama aramaya cesaret edemiyorsun.

Olmuyor...

İnsan sevdiğine her şeyin en iyisini vermek ister. Yalnızca mutlu olsun diye, gözlerinin içi gülsün diye her şeyin en güzelini vermek ister. Oysa gerçekten seven birine gönlünü versen yeter. Zaten seviyorsa seni bundan fazlasını beklemez, istemez... Bunu bilirsin ama yine de vermek istersin, çünkü çok seversin...

Değer verirsin mesela...

Hayatındaki herkesten daha çok değer verirsin, kendinden bile daha çok hatta. Sonra bir bakarsın hayatını değiştirmek istediğin kişinin yüreği değişmiş... Anıları silinmiş, sevgisi tükenmiş...

Sevilmemek, terk edilmek, kaybetmek... Hepsi hikâye aslında...

Hani en çok değer verip, inanıp, güvenip yüreğini açtığın insanın umursamadığını görüyorsun ya bir süre sonra, en çok o dokunuyor insana...

En çok acıtan şey bu aslında...

Olmuyor diye bir şey yok bu hayatta,
her şey olur ve her şey olacağına varır.
Ama mutlaka olur...

Ne zaman canım bir şeylere sıkılsa Mustafa Ağabey'in yanına giderdim. Beni ondan daha iyi kimsenin anlamadığını düşünmüşümdür her zaman. Ne kadar basit bir şey olsa da beni dinlerdi kesinlikle. Bir defa bile kafana takma deyip geçiştirdiği olmadı. Ben anlatırken gözlerini hiç ayırmazdı benden, sanki devlet meselesiymiş gibi önemle dinlerdi. Sanırım onu en çok bu yüzden sevdim, her zaman benim fikirlerime değer verirdi. Konu ne olursa olsun ciddiye alırdı. Ve bir çözüm yolu bulurdu mutlaka...

Hayatımın kadını dediğim kız beni terk ettiği gün de Mustafa Ağabey'e gittim. Uzun bir süre hiç konuşmadık. Bir süre karşılıklı oturduktan sonra yerinden kalktı, ocağa bir demlik su koydu:

– *Çay içeriz değil mi?*

– *İçeriz abi...*

Çayı demlerken bağırarak sordu:

– *Kızla neden ayrıldınız lan?*

– *Ayrıldığımızı nasıl anladın ki?*

– *Oğlum koskocaman delikanlı adamsın. Buraya gelmeden önce ağladığın belli, gözlerin kıpkırmızı, kirpiklerin de hâlâ ıslak... Delikanlı adamları sevdiği kadından başka ağlatabilecek bir güç daha yok bu dünyada. Uzatma işte, neden ayrıldınız?*

Mustafa Ağabey'in yanında ağlamak istemiyordum. Ona güçsüz görünmek beni utandırırdı çünkü. Ama o neden ayrıldınız diye sorunca kendimi daha fazla tutamadım. Öyle ağladım, öyle ağladım ki... Hayattaki bütün sevdiklerimi kendi ellerimle gömüyormuş gibi acıyordu içim. Bir şeyler söylemek istedim, düğümlendi boğazım. Hıçkırmaktan tek kelime edemedim. Ben öyle ağladığımı ömrümde bilmem. Nasıl kırılmış kalbim, nasıl sevmişim, nasıl üzülmüşüm öyle...

Biraz sonra masaya iki bardak çay koydu. Bu onunla sürekli yaptığımız bir şeydi. En mutlu anlarda da, en kötü zamanlarda da çay içerdik, yanında da sigara... Ben çayı çift şekerli içerdim, Mustafa Ağabey şeker kullanmazdı. O gün benim için de şeker koymadı masaya. Biraz daha bekledim, unuttuğunu düşündüm sonra. Hıçkırığım biraz geçince derin bir nefes aldım.

– *Abi şeker nerdeydi?*

– *Şeker hiç kalmamış ya. Ben de kullanmayınca fark etmemişim bittiğini. Neyse artık bugünlük böyle olsun...*

İlk defa çayı şekersiz içtim o gün. Hem daha sıcak hem daha acı geldi. İçilecek gibi değil diye düşündüm. Ama benim için demlenmiş çayı içmezsem de ayıp olacaktı. O gün kaç demlik çay, kaç paket sigara bitirdik hatırlamıyorum bile. Mevzu öyle derindi ki... Daldıkça boğulacak gibi oluyordum, boğulmamak için her konuştuğumda da dayanamayıp ağlıyordum. Bir süre sonra tekrar sordu:

— *Oğlum neden ayrıldınız anlatacak mısın? Belki halledilebilir bir şeydir, belki de sen yanlış anlamışsındır anlatsana şunu!*

— *Abi bir neden yok ki. Bana, "Artık yürümüyor, ben sana karşı ne hissettiğimi bile bilmiyorum, eskisi gibi hissedemiyorum" dedi. Bunda anlamam gereken başka ne var abi? Tek kelime bile edemedim. Kalbim sızlıyor şimdi, yemin ederim canım çok acıyor, ne yapacağımı bilmiyorum... Bana bir akıl ver Allah aşkına.*

Mustafa Ağabey ona daha önce anlattığım birçok sorun içinde en uzun o zaman sessiz kaldı. Konuşmuyordu ama gözlerimin içine bakmayı da bırakmıyordu. Sigarasından bir nefes daha aldı, derinden içini çekti...

— *Bak kardeşim ben sana lafı dallandırıp budaklandırıp mevzuyu uzatmayacağım. O kızda birçok şey tükenmiş artık. Sana kızgın olsa, en azından geçerli başka bir nedeni olsa ya da senden nefret etse bir şeyler yoluna girebilir derdim. Çünkü bunlar sevgi kalıntılarıdır. Bunları hisseden birinde hâlâ sevgiden bir şeyler kalmış demektir. Ama bu kız hiçbir şey hissetmediğini söylüyor. Birine karşı hissizleşmek, var olan her şeyin tükendiğini gösterir. Tamamen tükenen şeyleri bir daha çoğaltamazsın. Ve unutma bir anda nedensiz kestirip atılan ilişkiler aslında nedensiz değildir. Mutlaka kafasını karıştıran, ona iyi gelen üçüncü bir kişi var demektir. Yani bu durumla karşılaşmadan bitmesi en iyi tercih olur. Uzatmanın anlamı yok. Çünkü düzeltilmesi gereken bir şey de yok ortada. Her şey bitmiş, hepsi bu...*

Bunları duyacağımı hiç tahmin etmemiştim oysa.

Çünkü Mustafa Ağabey her seferinde içimi ferahlatacak şeyler söylerdi. Bu defa o konuşurken göğsüm daralıyordu. Biraz düşününce söyledikleri aslında çok mantıklıydı. "İstemiyordu" işte, bu daha kaç farklı şekilde anlatılabilirdi ki? İstemiyordu ve hepsi buydu...

Mustafa Ağabey çay içer misin diye sordu bir süre sonra. İçerim abi dedim. Sonra iki bardak çay daha getirdi masaya. Bu defa çayımın yanında çay kaşığı da vardı. Tüm sıkıntımla onun da kafasını iyice yordum diye düşündüm, şeker olmadığını o da unutmuştu.

– *Abi şeker yok sen çay kaşığı vermişsin bana. Kusura bakma senin de kafanı şişirdim iyice. Müsaadenle gideyim ben.*

– *Otur lan otur. Bak yanındaki sandalyenin üzerinde şekerlik var, içi de şeker dolu.*

Meğer şekerlik yanımda apaçık duruyormuş. Onca acı çayı boşu boşuna içmişim tüm gece diye geçirdim içimden.

– *Abi yemin ederim görmemişim. Başta neden yok dedin o zaman?*

– *Başta kaşığın vardı, kaşık varsa şeker de var demektir. Ama yanındaki şekeri sen görmedin. İnsan kalbi kırılınca onun acısını hissetmekten güzel olan şeyleri göremiyor bazen. Oysa ihtiyacımız olan şey çoğu zaman yanı başımızdadır. Önemli olan acına gömülmeden etrafındakileri görebilmek...*

Sonrasında şekerin olmadığını kabullenip çayı acı içtin. Bir süre sonra hiç sormadan bütün çayları acı içtin. Kabullenmek kardeşim... Asıl başarılması gereken şey bu aslında. Kabullenirsen eğer alışırsın. Bunu yapmazsan hep bir eksiklik arayıp durursun. Bizler süreci kendimiz uzatıyoruz...

Son bardakta çay kaşığını bilerek koydum bardağın yanına. Çünkü bu senin yeniden şekeri hatırlamana neden olacaktı. Öyle de oldu zaten...

Bir şeyi ne kadar kabullenirsen kabullen onu hatırlatacak bir şeyler mutlaka çıkacak karşına. Önemli olan hatırlaman değil, hatırladıktan sonra ne yapacağındır... Ya alıştığın gibi devam edeceksin ya da her şeyi en başa sarıp tekrar yaşayacaksın. Bir seçim yolu her zaman vardır kardeşim. Asıl mesele senin neyi seçtiğin...

Şeker?

– Hayır abi teşekkürler. Artık şekeri bıraktım...

Ömrüm boyunca aldığım en önemli ders buydu.

Nedendir bilmiyorum söylediği her şey "Ondan vazgeç..." demeye gelse de kendimi iyi hissetmemi sağladı. Alışmak için önce kabulleneceksin... Ne kadar doğru bir cümle...

Ben de kabullendim. Hayatımın kalanını vermek istediğim kızı, hayatımın sonuna kadar bir daha görmemeyi kabullendim. Onu üzecek bir şey yapmadığım, en azından beni terk etmesi için affedilmeyecek bir neden vermediğim için gönlüm rahat. O hayatının kalanını bensiz yaşamayı seçti. Ben de çıktım hayatından. İyi de yaptım...

Mustafa Ağabey'in de dediği gibi, "Ne kadar kabullenirsen kabullen, onu hatırlatacak bir şeyler mutlaka çıkıyor insanın karşısına..."

Nisan 2015'te montumun yaka cebine koyduğu notu on ay sonra buldum.

"Lütfen seni sevdiğimi hiç unutma, beni asla bırakma..." diye yazmış bir kâğıda... Bir an gözlerim doldu yine, üzüldüm be... Çok üzüldüm hem de... Az kalsın arayacaktım bir de. Sonra gerçekten onun yüreğinde tükendiğimi anladım. O notu cebime koyduğu gün, birlikte geçirdiğimiz hayatımın en güzel iki gününden sonra onu evine uğurladığım gündü. İki ay sonra da beni terk etti zaten. Beni asla bırakma diyen birinin hayatımı yerle bir edişi bir kere daha gözlerimin önüne geldi. İşte o an aramaktan vazgeçtim. Çünkü duyguları aynı olsaydı, o milyon kere arardı şimdiye kadar. Ama aramadı... Her şeyi mahvettiğini bile bile hâlâ aramadıysa demek ki halinden memnun. Özlemedi, belki de aklına bile gelmedim hiç. Bunu düşününce vazgeçtim işte... Ayrılmayı o seçti ve gitti.

Ben yalnızca kabullendim...

***

Alışma süreci insanın alışmak zorunda olduğu şeyleri benimsemesiyle ilgilidir...

Her ayrılık tahrip eder insanı, her veda hüzünlüdür... Ve zamanla insanların bile modası geçebilir. Hiç kimse vazgeçilmez değildir ve herkes bir gün gidebilir ya da terk edilir.

Artık bunu öğrendim...

Uzun bir süre uykusuz geçen gecelerim oldu. Deli gibi seviyorken terk edildim sonuçta, kolay kolay geçmesi beklenemezdi. Çok zaman yüzümdeki sahte gülücüklerle insanlara günaydın dediğimi biliyorum. Nasılsın diye sorduklarında iyiyim diyerek yalan söyledim. Oysa berbattım, kalbim acıyordu. Kimse bunu bilmiyordu ama içimden ölüyordum... Neyse ki zamanla hafifledi işte. İnsan acıya da alışıyor, zamanla alışmaya bile alışıyor...

***

Son konuşmamızdan sonra Mustafa Ağabey'e uzun süre uğramamıştım. Zaten çok sık görüşemiyorduk ama her görüşmemizde bir saat önce sohbet etmişiz gibi devam ediyorduk. Gerçek arkadaşlıklar arasına zaman girmez. Çünkü gerçek arkadaşlar birbirini yıllarca görmese de ilk görüştüğü zaman kaldığı yerden devam edebilirler. Bir insanın hayatında böyle birinin olması mükemmel bir şey...

Her zamanki yerime oturdum. Çay içer miyiz diye sordu, içelim abi dedim. Mustafa Ağabey çay koymak için gittiğinde telefonu çaldı. *"Sakın açma"* yazıyordu ekranda.

– *Abi telefonun çalıyor.*

– *Arayan kim?*

– *"Sakın açma" yazıyor ekranda.*

Mustafa Ağabey onun üzerine cevap vermedi. Birkaç dakikaya kalmadı iki çayla geldi.

– *Şeker yan tarafında alabilirsin oradan.*

– *Yok abi, artık kullanmıyorum. Acıya da alıştım...*

Yüzünde bir gülümse oldu o zaman, zaten onun hiç kahkaha attığını görmedim. Bir keresinde neden pek gülmediğini sorduğumda bana şöyle demişti:

"İnsanı en çok üzecek şeyler, onu vaktiyle en çok mutlu eden şeylerdir. Bu yüzden çok fazla mutlu olmak istemiyo-

rum... *Eğer her şey gayet iyi gidiyorsa kötü bir şeylerin yaklaştığını unutma. Olur da mutlaka...*

Mutlu olmaya bile korkar hale getirdiler bizi kardeşim..."

Biraz daha konuştuktan sonra telefonu yine çalmaya başladı.

Yine aynı kişi arıyordu: "Sakın açma..."

İlk başta alacaklı biri sanmıştım ama telefonu eline alıp hasretle ekrana baktığını görünce öyle olmadığını anlamamak mümkün değildi. Nasıl sevgiyle, özlemle bakıyordu anlatamam... Aynı numara birkaç defa aradı ama hiçbirinde açmadı telefonu. Yalnızca iki avucunun arasına alıp burnunun ucuna kadar yaklaştırıp çalmasını seyretti. Çok merak etmiştim kim olduğunu. Mustafa Ağabey güçlü bir adam gibi görünse de aslında duygusal bir kalbe sahipti. O kendi içdünyasını pek anlatmazdı ama herkesi anlayabilecek bir tecrübesi vardı. Daha fazla dayanamadım, sordum:

– *Abi ya çok merak ettim, o arayan kimdi?*

– *Herkesin vaktiyle içini ısıtan, sonrasında da canını fazlasıyla yakan bir sevdiği vardır mutlaka... O da benim eski yaram işte. O benim bu hayatta çözümünü bir türlü bulamadığım çaresizliğim... Ne zaman cevap vermek istesem bunu yapmamam gerektiğini göreyim diye o isimle kaydettim.*

– *Peki abi madem açmayacaksın neden engellemiyorsun ya da numaranı değiştirmiyorsun?*

– *Bak kardeşim bahsettiğin şey en kolayı. Onun numarası hayatımda ezbere bildiğim tek numaraydı. Ondan ayrıldığımızda defalarca aradım onu. Kendi telefonumdan, yabancı numaralardan, ankesörlüden... Ama tek bir seferinde bile açmadı.*

Sonra numarasını sildim ama elim alışmış bir kere numarasına. Ne zaman elime bir telefon alsam tekrar aradım. Yine açmadı... Sonra "Unutacağım ulan!" dedim kendi kendime. Yoldaki bütün arabaların plakalarını, gördüğüm tüm tabelaları, telefonları okuyup ezberledim o numaraya aklımda yer bırakmayana kadar...

— Eee neden hâlâ var peki numarası?

Nadir gülümsemelerinden biri oluştu o an yüzünde. Sağ elinin başparmağını kafasına, sol avucunu sol göğsünün üzerine götürdü...

— O telefonda değil oğlum, her zaman kalbimde. Bazen de kafama vuruyor işte...

Silmiştim aslında numarasını, birkaç yıl aramadım. Unuttum sonra. Bir gün telefon çaldı açtım. Onun sesini ölüp tekrar dünyaya gelsem yine tanırım. "Alo" dediği anı hatırlıyorum hâlâ, nefesim kesildi be kardeşim. Ölüyorum sandım lan acıdan. Damarlarımda asitler dolaşıyor sandım. Damarlarım acıdı, inan bana bunu gerçekten hissettim. Zorbela iki kelime edebildik. Evlenip boşanmış falan. Hayatına daha yeni biri girmiş ondan bahsetti. Beni sordu, senden sonra kimseyi sevemedim diyemedim...

Neyse kardeşim ara sıra aramaya başladı, baktım buna yeniden âşık oluyorum kendimi geri çektim ben de.

— Tamam da abi neden silmiyorsun işte, onu anlamadım? Ya da neden açmıyorsun?

— Bak kardeşim insan bazı zamanlarda beynini dinler bazen de kalbini. Ama konu çıldırasıya sevdiği birinden vazgeçmek zorunda olmaksa ikisi arasında sıkışıp kalır... Beyinde zevkler vardır, kalbindeyse zaafların... İnsan zevklerinden vazgeçebilir zamanla ama zaafların mezarına kadar seninle kalır. Aklından *bir süreliğine çıkan her şeyi unuttuğunu düşünme. Olmadık bir anda kalp mutlaka hatırlatır. Alışırsın ama asla unutamazsın...*

İşte o benim en büyük zaafım... Kalbim sürekli onu bana hatırlatıp duruyor. Unutamıyorum bir türlü, zaten unutmak da istemiyorum. O böyle arada bir arar ben izlerim. Bununla bile mutlu oluyorum, çünkü onun aradığını gördüğüm her an onunla konuşuyor gibiyim. Böyle mutluyum yani anlatabiliyor muyum? Eğer bir gün olur da o telefonu açarsam, kendimi bir daha kaptıracağım ve asla tekrar aramayacak beni. O benim ona olan sevgimi özlüyor, özlemi geçince de çekip gidiyor. Zaten ben onu yıllardır ona hiç dokunmadan, konuşmadan, görmeden seviyorum. Onu sevmem için varlığına ihtiyacım kalmadı. O kadar alıştım yani bu duruma ama sevmeyi bir türlü bırakamadım...

Ona cevap verip bu büyüyü bozmak istemiyorum. Böylesi ikimiz için de daha güzel...

***

Anladım ki:

Mutluluk verenler de acı verenler de insan kendi istediği sürece hayatında oluyor. Ve onların verdiği acıların büyüklüğü de ona verilen kıymete göre değişiyor. Ama bazı insanları yine de bir çırpıda silip atamıyorsun hayatından. Çünkü onları kalbinin en güzel yerinde ağırlamışsındır vaktiyle. Haliyle aklından çıksa bile gönlünden kolay kolay çıkmıyor bazıları. Kokusu kalıyor, gülüşü kalıyor, sevişi kalıyor...

Bu yüzden onların olmayışını kabullenmek biraz zaman alıyor...

Ama ne geçmiyor diye bir şey var ne de onsuz olmuyor

diye bir şey... Onsuz da oluyor... Zor oluyor, güç oluyor ama oluyor. Çünkü olmak zorunda, olmalı...

Ve o geçmez dediğin her şey gün geliyor birer hatıraya dönüşüyor, her şey güzel bir anı olarak kalıyor aklında. Her şey senin olmasını istediğin gibi olmuyor bazen doğru. Ama her şey olması gerektiği gibi olur...

Ne diyelim ki? Gidenlerin canı sağ, yolu, bahtı, gönlü açık olsun...

Olmuyor diye bir şey yok bu hayatta, Her şey olur ve her şey olacağına varır.

Ama mutlaka bir şeyler olur...

***

Geçen gün dayanamayıp aradım bunu. Önce açmadı ama birkaç defa arayınca açtı, konuştuk biraz. Kapatmaya yakın acaba bazı şeyleri düzeltebilir miyiz diye ağzını aradım. Anladı tabii ne demek istediğimi, uzatmadan heyecanımı kursağımda bıraktı, "Beni unut!" dedi.

Bu yüzyılda, bu yaşta aşk acısı çekmek aptallıkmış ona göre. Hem insanlar ölümlere alışıyormuş, birkaç güzel anı paylaşıldı diye kimse kimseyi sonsuza dek sevmek zorunda değilmiş.

– *Öyle dedi be abi. Sence de unutayım mı onu?*

– *"Unutmak" söylerken yedi harf kadar kısa, yaşarken bir ömür sürecek kadar uzundur. Unutmaktan kastın karşısına çıkmadan, arayıp konuşmadan yaşamaksa eğer eyvallah.*

Ama yok bir kere bile aklıma gelmeyecek, huzurlu uyuyacağım, hiç üzülmeyeceğim, yanında biriyle bile görsem aldırmayacağım diyorsan o iş yaş.

– Abi çok seviyorum yemin ederim. Ne yapacağımı bilmiyorum, her an aklımda. Çok mutsuzum...

– Bunlar daha iyi günlerin senin... Bazı zamanlar çok daha berbat hissedeceksin kendini. Bir kafeye gideceksin mesela, orada biri onun adıyla hitap edecek bir başkasına. O an var ya kalbin yerinden çıkacak gibi olacak. Acaba o mu diye için içini yiyecek. Bir şekilde göreceksin o olmadığını ama bir kere aklına gelecek ve günlerce canın yanacak. Ya da mutlu bir gününde işlek bir caddede yürürken önünde ilerleyen kızı ona benzeteceksin. Boyu, saç rengi, şekli aynı onu hatırlatacak. O kalp acısı var ya bir daha hissedeceksin o an. Yüzüne bakabilmek için uğraşacaksın o seni görmeden. Yine o olmayacak ama için yanacak bir kere. Hem de ciğerlerine kadar...

– Unutulmayacağına nasıl bu kadar emin olabiliyorsun abi?

Bu soruyu sorunca gülümsedi. Kısa bir süre tek kelime etmeden boş boş baktı yalnızca. Aklından bir şeylerin geçtiği her halinden belliydi. Sonra yerinden kalktı, eski bir komodin çekmecesinden yıpranmış bir defteri masanın üzerine bıraktı. Yerine geçti ve iki elini dizlerinin üzerinde birbirine bağladı, "Biraz göz at bakalım" dedi.

İçinde bir sürü kısa kısa yazılar, şiirler vardı. Sayfalardaki tarihlere bakılınca en az yirmi yıllık bir defter olduğu anlaşılıyordu. İçinde öyle güzel şeyler yazıyordu ki... Birçoğu da benim hikâyemdi sanki. Defterin sonuna doğru yaklaştıkça şu an hissettiğim şeyleri gördüm her cümlede. Hatta birkaç gün önce de yazılmış yazılar vardı. O zaman anladım ki her ne kadar kahramanlarımız farklı olsa da hepimizin hikâyesi aynı...

— *Gerçekten hiç mi unutamadın abi? Yani her şey burada yazdığı gibi mi sahiden?*

— *Unutmak diye bir şey yok ki... Bazı zamanlar unutur gibi olursun ama unutamazsın. Bu defteri yazmaya başladığımda güzel şeyler yazardım. Çünkü mutluydum o zamanlar. Sekiz yıl birini aralıksız sevdim. Neyse işte, beni terk etti bu. Beni yüzüstü bıraktığı günden bu zamana on beş yıl geçti. Yani yirmi üç yıldır tanıdığım birini on beş yıldır özlüyorum. Ben evlendim sonra, bir de kızım var. Severek mi evlendin dersen, hayır öyle olmadı. Bir gün evleneceğim dedim ve daha önceden tanıdığım biriyle evlendik sonunda. Karıma âşık değilim belki ama onu çok seviyorum. Ve inan ona olan saygım sonsuz. Ben başka biriyle kız çocuğu hayali kurdum ama onunla gerçekleştirmek kısmet oldu. Bazı aşklar zamana yenilir ama sevgi ve saygı ölümsüzdür kardeşim. Ben çocuğumun annesine ölümsüz duygular besliyorum. Şimdi yıllar önce beni terk eden ama hâlâ unutamadığım kadın gelse, inan bana ailemin kılını değişmem. Belki o an değişik bir duyguya kalır insan, bilemem. Ama o sıcaklık yok artık. Bitti bir kere. Unutmadım ama böyle yaşamaya da alıştım.*

Hayırlısı böyleymiş...

— *Yani geçmez ama alışılır öyle mi?*

— *Aynen öyle... Hayatın geridönüşüm kutusu yok. Canının istemediklerini silip sonra özlediğin şeyleri geri alamazsın. Zaten alışmak için de pek bir çaba sarf etmez insan. Yaşamın karmaşası içinde kendiliğinden alışıverirsin. Zaten hayatı asla durduramazsın. Küçücük bir dere bile önüne çıkan dağlara rağ-*

men bir yol bulup akmaya devam ediyor. *Kötü giden birkaç şey yüzünden hayat duracak mı sanıyorsun? O da mutlaka akması gereken yere doğru ilerleyecek. Yaşaman gereken hiçbir şeyi hayat es geçmez, mutlaka yaşarsın onu. Bu kaçınılmaz bir şeydir. Mutlu olman gerekiyorsa olursun, üzülmen gerekiyorsa üzülürsün. Yani hayat devam ettiği sürece mutlaka yeni bir şeyler verir insana. Sabır ve zaman Allah'ın en güzel hediyelerindendir. Gerektiği zaman bunları kullanmaktan asla sakınma.*

Sonra bir bakarsın yaralar geçmiş, acılar dinmiş... Ama o günlere ait her şey hafızanda taze kalır.

Geçmez ama eskisi gibi de acımaz artık...

Bir an gözüm daldı. Kendi içimde kopan kıyamete kulak verdim. Aslında ne unutmak istiyorum onu, ne de onsuz yaşamak... Başka türlü olsa daha güzel olurdu ama olması gereken buydu işte... Sonuçta herkes kendi hayatını yaşıyor. O benim hayatımı bensiz yaşamayı seçti. Düzeltmek için elimden geleni yaptım. Konuşmaya çalıştım, barışmak için uğraştım ama olmadı...

Artık benim yapacağım da pek bir şey kalmadı. Daha fazla uzatmanın, kendimi yorup yıpratmanın bir anlamı yok sonuçta. Çünkü bu bir şeyleri düzeltmeye yetmiyor. Zaten bu durumu yaşayan milyonlarca insan var. O kadar kalabalığız ki... Hiçbirimiz birbirimizi tanımasak da aynı savaşın taraflarıyız.

Bugün de geçmedi, bugün de seviyorum.

Ama bir gün mutlaka geçecek, biliyorum...

– *Çay içelim mi? Hem dalgınlığa da iyi gelir.*

– *İçelim abi, içelim...*

Bir yolculuğu bitirmek istiyorsan önce yola çıkmak zorunda olduğunu asla unutma...

Yola koyulunca iyi kötü bir şekilde biter. Önemli olan yolculuğa neler sığdırdığın ve kendine neler kattığındır. Hayat da böyle...

Her zaman mutlu olacaksın diye bir şey yok dostum. Bazı zamanlar gelecek ömrün boyunca sana huzur vereceğine inandığın şeyler mutsuz edecek seni. Hatta en çok onlar üzecek... Bazen içinden asla çıkamayacağını düşündüğün zamanların da olacak. Çok kırıldığın, çok yorulduğun, çok bıktığın berbat zamanlar geçireceksin. Bu durum seni asla karamsar yapmasın. Çünkü alışıyorsun. Her zaman alışmak istediği için alışmaz insan. Kimi zamanlar mecbur kaldığın için, başka seçeneğin olmadığı için alışırsın...

İnsanları sev, insanları önemse, onlara kıymet ver...

Ama bunları yaparken kendini asla ihmal etme. En önemlisi de hiç kimseyi kendinden ödün verecek kadar sevme. Herkese hak ettiği ölçüde bir yer ver yüreğinden. Çünkü yerini bilen insanlar haddini aşmaz. Onlara olması gerektiği yeri öğret... Hiç kimsenin sadece yalnız kaldığında sığındığı bir liman da olma. Ya sende olmalı biri ya da hiçbir bağı kalmamak üzere gitmeli. İkisinin arası yoktur bunun...

Olur da bir gün kaybettiklerine ağlarsan ve isyan edersen farkında olmadan, aynaya bak...

Yüzünü incele, dudaklarına bak, ellerini gör... Gözlerinle değil yüreğinle bak kendine. Kaybettiğin şeyler yüzünden hâlâ sahip olduğun değerleri görmezden gelme. Kendine kör olma dostum! Keşfetmeye kendi yüreğinden başla...

En sevdiğin yemeğin tadını çıkar, görmek istediğin yerlere git, yeni birileriyle tanış, yanında mutlu olduğun insanlarla daha fazla zaman geçir...

Gülmek istiyorsan kahkaha at, ağlamak istiyorsan kendini tutma, kırılıyorsan anlat, seviyorsan söyle... İçinden geldiği gibi yap her ne yapıyorsan, başkalarının beklentilerine göre şekillenme. İnsanların düşüncelerini önemse elbette ama kimsenin kararları senin tercihlerin olmasın. Bir şeyi yapıyorsan kendin istediğin için yap, kendi fikirlerin olsun mutlaka. Hiç kimse mükemmel değildir sonuçta. Bu yüzden inandığın şeyler için hata yapmaktan çekinme. Başkalarının yanlışlarını doğru kabul etmekten daha iyidir bu, kendi hataların da olsun... Çünkü bu hayat senin! Her ne olursa olsun kendini özgür bırak. Seni kendinden başka hiç kimsenin üzemeyeceğini ve her şeyin sen değer verdiğin sürece vazgeçilmezin olduğunu asla unutma...

Ne olursa olsun umudunu kaybetme dostum...

Dünyanın en uzun gecesi bile sabaha kadar sürüyor nihayetinde. Sen de güzel günlerde sıyrılacaksın karanlığından, güzel mavi günlerde...

Hiçbir şeye sahip olamasan da cebinde seni anlayan bir kitap, ihtiyacın olduğunda yanına koşan bir dostun varsa ne mutlu sana. Bir gün herkes gitse bile hayatından, onlar asla terk etmez seni...

Keşfetmeye kendi içinden başla.

Güzel günler uzakta değil dostum, güzel günler senin kalbinde.

Hadi, biraz gülümse...